Mes petites énigmes

Du CM2
à la 6e
10-11 ans

JEUX ET ÉNIGMES

Auteurs
Michèle Lecreux
avec
Éric Berger
Pascal Guichard
Clémence Roux de Luze

Illustrateur
Titti Boulay

hachette
ÉDUCATION

Dans ce petit livre, 115 enquêtes et énigmes t'attendent pour mettre ton cerveau au défi.

Pas besoin d'être le meilleur en maths ou incollable en français, il te suffira d'ouvrir l'œil et de ne laisser passer aucun indice pour prouver que tu es un as de la logique !

Et maintenant, à toi d'affronter les enquêtes policières, les énigmes logiques, les rébus, les charades et les grilles pour t'initier aux mystères du futoshiki ou de la bataille navale.

Si tu es prêt pour l'aventure, tourne la page et bienvenue au pays des énigmes !

Conception de la maquette : Karine Nayé
Conception et réalisation de la couverture : Hung Ho Thanh
Illustrations de couverture : Coralie Vallageas
Mise en pages : Pascal Guichard

I.S.B.N. : 978-2-01-714806-7
www.parascolaire.hachette-education.com

Achevé d´imprimer en mars 2023 en Espagne par Grafo
Dêpot légal : Avril 2022 - Édition 02 - 15/2304/5

Sommaire

Enquêtes policières

Énigmes visuelles

Énigmes et quiz

Énigmes logiques

Énigmes mathématiques

Énigmes géométriques

Les cubes

Combien pèse un cube ?

= ....

= 200 g

C'est pas moi !

Quand monsieur Legrand, le maître des CM2, entre dans sa classe, il découvre sur le tableau un dessin qui ne lui fait vraiment pas plaisir. C'est vrai qu'il a un grand nez, monsieur Legrand, mais personne n'avait jamais osé le caricaturer !

Pendant que les élèves sont en récréation, monsieur Legrand cherche des indices. Dans sa classe, seuls trois élèves sont assez doués en dessin pour être suspectés.

Monsieur Legrand inspecte leurs pupitres.

Il y a d'abord Pablo qui n'arrête pas de griffonner et qui a laissé ses crayons de couleur bien en vue près du carnet dans lequel le maître ne trouve que des dessins de voitures et de chevaux.

Marion, elle, dessine sans arrêt des fleurs et des poupées mannequins. On reconnaît bien son pupitre avec toutes ses affaires de classe roses avec des paillettes.

Enfin, il y a Timothée qui est assis entre Pablo et Marion et griffonne des personnages de mangas partout.

Monsieur Legrand est bien ennuyé. Ces trois-là adorent dessiner et ils sont assez farceurs pour avoir décidé de caricaturer leur maître. Mais comment savoir lequel des trois est le coupable ?

Si tu regardes bien le dessin de la page voisine, tu devrais pouvoir répondre à monsieur Legrand.

Animaths

Trouve la valeur de chaque alien
pour que ces opérations soient justes.

Pour t'aider, un des nombres est déjà décodé.

En randonnée

Cinq enfants sont partis en randonnée.
Peux-tu rendre à chacun son prénom si tu sais
que Sofia et Ève portent un tee-shirt jaune,
que Léa, Ryan et Ève ne portent pas de casquette,
que Sofia et Léa portent des baskets roses
et que Wladimir et Ève portent un short rouge ?

Futoshiki

Remplis cette grille pour que tous les chiffres de 1 à 5 soient inscrits une seule fois sur chaque ligne et chaque colonne. Pour t'aider, les signes < (plus petit que) et > (plus grand que) te renseignent sur les deux chiffres contenus dans les deux cases voisines.

3		4	<	5	>	1		2
5		3		1		2		4
1		1		4	>	3		5
4		2		3		5	>	1
						∨		
1		5		2	<	4		3

Rébus

Dis à haute voix ce que tu vois écrit ou dessiné ici pour décoder ce rébus.

I cie buisson l'œuf paradis

Bon voyage !

Aide cette jeune voyageuse à rejoindre le globe terrestre. À chaque carrefour, quand tu rencontres une question, choisis la bonne réponse et tu seras sur le bon chemin.

Au voleur !

Le musée de la Préhistoire a été cambriolé cette nuit et une partie de la collection de silex taillés a été volée. Le directeur du musée est désespéré. Cette superbe collection faisait sa fierté, et des visiteurs venaient du monde entier pour admirer ces merveilles.

Des traces de pas au sol montrent qu'un voleur a circulé dans la salle, mais elles ne permettent pas de dire comment il est entré ni comment il est sorti. Cela intrigue le policier qui commence les interrogatoires.

Le gardien déclare : « J'ai quitté la salle à 19 heures, au moment où le responsable de l'entretien est arrivé, après avoir vérifié que les fenêtres étaient bien fermées. »

Le responsable de l'entretien confirme : « En effet, monsieur Paul est parti à 19 heures. Moi, je suis resté au moins une demi-heure tout seul dans la salle. Hier soir, en effet, j'ai passé la cireuse sur le parquet. Je pense que la cire n'était pas tout à fait sèche et que c'est pour cela que le voleur a laissé des empreintes. »

Le directeur ajoute : « Sur la vidéo de surveillance du musée, nous avons repéré un curieux phénomène. Cent vingt-trois visiteurs sont entrés et seulement cent vingt-deux sont sortis ! »

Aide l'enquêteur à comprendre comment le vol s'est passé et dis s'il va pouvoir facilement trouver le voleur et les silex.

L'addition

Le maître a prévu d'organiser une interrogation ce matin. Pour la préparer, il a inscrit au tableau l'opération que les élèves devront résoudre. Si tu veux la connaître avant toute la classe, suis les indications du dessin codé.

Sur chaque ligne et chaque colonne, les chiffres t'indiquent quel nombre de cases voisines il faut colorier. Mais attention, les groupes de cases noircies doivent être séparés par une ou plusieurs cases blanches. Ainsi 3, 3, 3 signifie que tu dois colorier trois groupes de trois cases séparés par des cases blanches.
Pour t'aider, nous avons déjà colorié certaines cases.
Un conseil : quand tu sais que certaines cases doivent rester blanches, marque-les d'une croix.

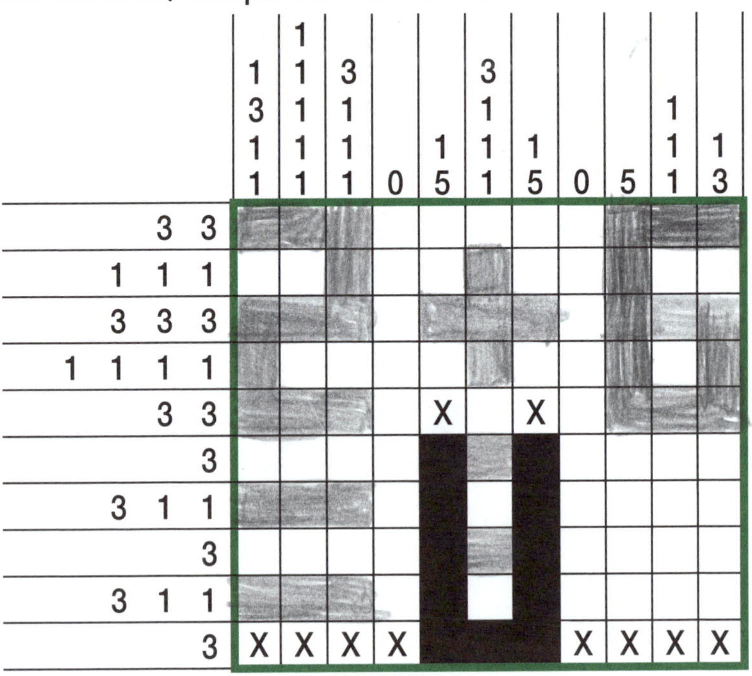

Antiquité

En attendant l'arrivée de Jules César, trouve huit anomalies dans cette scène cruelle du cirque romain.

Message codé

Remplace chaque lettre de ce message par celle qui la suit dans l'alphabet. Par exemple si tu vois un A, note un B, si tu vois un B, note un C et si tu vois un Z, note un A.

A	B	C	D	E	F	G	H	I	J	K	L	M	N	O	P	Q	R	S	T	U	V	W	X	Y	Z
▼	▼	▼	▼	▼	▼	▼	▼	▼	▼	▼	▼	▼	▼	▼	▼	▼	▼	▼	▼	▼	▼	▼	▼	▼	▼
B	C	D	E	F	G	H	I	J	K	L	M	N	O	P	Q	R	S	T	U	V	W	X	Y	Z	A

DM BGHEEQDR QNLZHMR

EN CHIFFRES ROMAINS

MDTE R'DBQHS HW

NEUF S'ECRIT IX

Charades

salsifit

Mon premier n'est pas propre.
Mon deuxième est une note de musique.
Mon troisième est le verbe « faire » au passé simple.
Mon tout est un légume.

parallèle

Mon premier laisse des traces.
Mon deuxième est un rongeur.
Mon troisième est une boisson.
Mon quatrième est un article défini.
Mon tout ne croise jamais l'autre.

La partie de cartes

Aldo, Jérémie, Charlotte, Élise et Corentin adorent jouer aux cartes. Tous les mercredis, ils se retrouvent pour des parties interminables. Rends à chaque joueur son prénom grâce à ces renseignements :

– Corentin et Charlotte ont chacun un as noir.
– Corentin et Aldo n'ont pas de pique.
– Élise et Jérémie n'ont pas de cœur.

Jaune et vert

On fabrique un gros cube en empilant 64 petits cubes.
Combien de faces du gros cube doit-on peindre en jaune pour qu'un petit cube ait trois faces jaunes ?
Et combien de faces doit-on peindre en jaune pour que deux cubes aient trois faces jaunes ?

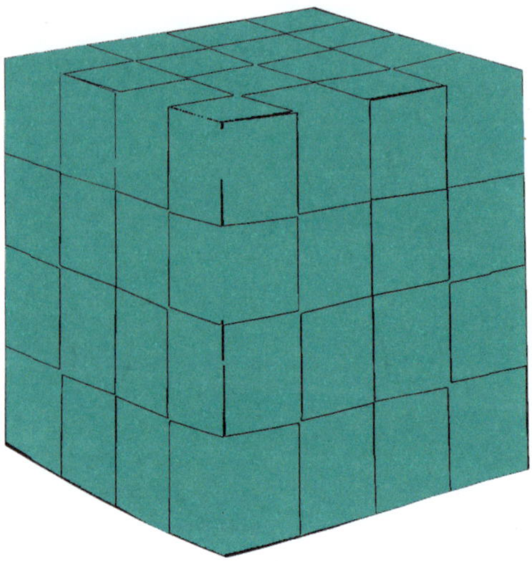

Les crayons

Déplace un seul crayon pour que cette opération en chiffres romains soit exacte.

En Angleterre

Aide Tommy à traduire tous ces mots en anglais.
À chaque carrefour, quand tu rencontres une question, choisis la bonne réponse et tu seras sur le bon chemin.

La fourrière

Depuis quelque temps, un chien du quartier échappe à son maître, pénètre dans le jardin d'une vieille dame et effraie ses poules, puis repart en courant pour rejoindre sa niche. Oh oui ! Ce chien-là est très malin et personne n'a jamais réussi à l'attraper. La vieille dame a raconté son aventure à ses voisins et un journaliste décide de mener l'enquête. Il commence par visiter la fourrière.

Quand le journaliste y arrive, trois habitants du quartier sont déjà là. Ils racontent qu'ils ont perdu leurs chiens. Les responsables de la fourrière leur montrent les chiens qu'ils viennent de recueillir.

Le journaliste, qui assiste à la scène, pense que le chien qui effraie les poules depuis si longtemps est sans doute assez rusé pour ne pas s'être laissé prendre ; il se dit aussi que les deux maîtres qui vont retrouver leurs compagnons ne sont certainement pas les propriétaires du chien qui ennuie la vieille dame.

Et, pendant que les trois voisins font le tour des cages, il se dit qu'il devrait pouvoir deviner de qui il s'agit.

Pour cela, il réfléchit en regardant la photo que la vieille dame lui a remise. Et toi, peux-tu deviner qui est le maître du chasseur de poules ?

Message codé

Remplace chaque lettre de ce message par celle qui la suit dans l'alphabet. Par exemple si tu vois un A, note un B, si tu vois un B, note un C et si tu vois un Z, note un A.

A	B	C	D	E	F	G	H	I	J	K	L	M	N	O	P	Q	R	S	T	U	V	W	X	Y	Z
▼	▼	▼	▼	▼	▼	▼	▼	▼	▼	▼	▼	▼	▼	▼	▼	▼	▼	▼	▼	▼	▼	▼	▼	▼	▼
B	C	D	E	F	G	H	I	J	K	L	M	N	O	P	Q	R	S	T	U	V	W	X	Y	Z	A

K D R   B N S D R   C ' T M

L E S   C O T E S   D ' U N

K N R Z M F D   R N M S   D F Z T W

L O S A N G E   S O N T   E G A U X

Charades

Arcenciel

On tire des flèches de mon premier.
Mon deuxième est une préposition.
Mon troisième est au-dessus de ta tête.
Mon tout est multicolore.

Autòcar

Mon premier est une lettre de l'alphabet.
Mon deuxième n'est pas tard.
Mon troisième est « voiture » en anglais.
Mon tout est un moyen de transport.

La pelouse

Cette pelouse est un grand carré dont les côtés mesurent 20 m. Au milieu, on vient de creuser une piscine qui a la forme d'un rectangle d'une longueur de 15 m et d'une largeur de 5 m. Maintenant, il faut remettre en état la pelouse abîmée par les travaux. On doit donc y semer de nouvelles graines de gazon. Il faut 1 sac de graines pour ensemencer 5 m^2 de pelouse. Combien de sacs de semences faudra-t-il utiliser ?

Touché ! Coulé !

Cette grille représente un port où sont placés six bateaux. Trouve l'emplacement de chaque bateau en t'aidant des chiffres inscrits autour de la grille ; ils t'indiquent combien de cases tu dois colorier sur la ligne ou la colonne correspondante. Les bateaux ne se touchent jamais, même pas par un coin, et il y a toujours des cases vides entre eux.

	4	2	4	0	4	0
3						
3						
1						
3						
0						
4						

Pour commencer : colorie en bleu les colonnes et la ligne marquées 0 puis complète la cinquième colonne et la dernière ligne.

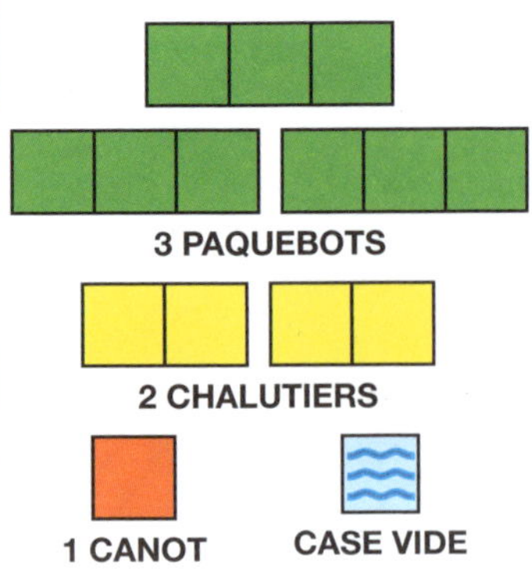

Les deux trains

Deux trains partent exactement au même moment de deux gares distantes de 300 km. Le premier va de Paris à Lyon et l'autre de Lille à Paris. Ils roulent tous les deux à 100 km/h. À quelle heure les deux trains vont-ils se croiser ?

Suite logique

Quelle heure dois-tu écrire sur la dernière pendule pour que cette suite soit logique ?

L'espion

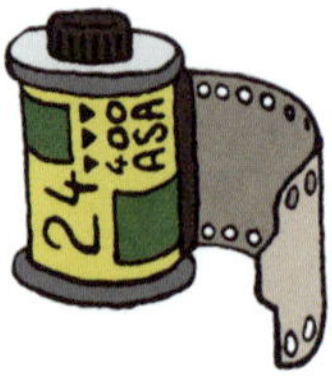

Arthur est un espion. Chut ! Il ne faut le dire à personne. Son travail consiste à se faire embaucher dans des sociétés qui produisent des appareils très modernes. Il vole les plans de ces appareils et les revend à d'autres sociétés. Ce matin, Arthur a profité de l'absence de Thomas, l'ingénieur en chef, qui était en réunion, pour se glisser dans son bureau. Il fouille tous les dossiers, trouve le document qu'il cherche, le pose sur le bureau et commence à le photographier. Soudain, il entend un bruit de pas dans le couloir. Oups ! c'est Thomas qui revient plus vite que prévu... Vite ! Vite ! Pour se donner une contenance, Arthur attrape un livre et fait semblant de lire.

Quand Thomas ouvre la porte, Arthur lui demande :
« Ah ! Thomas. Je voulais te demander si tu viendrais déjeuner avec moi ce midi.
– Oui, oui, je viendrai déjeuner avec toi. C'est étrange, je ne me souvenais pas avoir laissé ce document ici, répond Thomas.
– Quel document ? demande Arthur. Ah ! celui-ci ? Je n'y avais pas fait attention. Tu sais, je suis très myope et, sans mes lunettes, je ne vois pas grand-chose... »

Sur le moment, Thomas ne s'est douté de rien mais, plus tard, il a commencé à avoir des doutes sur l'honnêteté d'Arthur. Pourquoi à ton avis ?

X22

Futoshiki

Remplis cette grille pour que tous les chiffres de 1 à 5 soient inscrits une seule fois sur chaque ligne et chaque colonne. Pour t'aider, les signes < (plus petit que) et > (plus grand que) te renseignent sur les deux chiffres contenus dans les deux cases voisines.

2		1		5		4		3
1		3		1		5		2
				∧				
3		5		4		2	>	1
5		2	<	3		1		4
1		4		2		3		5

Rébus

Dis à haute voix ce que tu vois écrit ou dessiné ici pour décoder ce rébus.

île - a dé - cou - ver - la - mer - i queue
il a découver l'Amérique

In London

Ces touristes visitent Londres. Rends son identité à chacun d'après ces renseignements :

– Vanessa et Alice portent un chapeau.
– Alice et Romain sont assis au milieu d'une banquette.
– Léa et Isa jouent aux cartes.
– Mathieu nous montre le même profil qu'Isa.
– Manon est assise devant Albert et Jeannot devant sa mère.

Animaths

Trouve la valeur de chaque alien pour que ces opérations soient justes.

Pour t'aider, un des nombres est déjà décodé.

Aux champs

Monsieur Boulay se repose un peu car la moisson l'a fatigué. Il se dit que tout irait mieux s'il avait du matériel plus moderne. Pour savoir ce qui lui manque, pars du point noir et suis les consignes.

Pars du point noir de la case A6, va jusqu'en A9, descends tout droit en C9 puis en diagonale vers D10 et à nouveau tout droit vers F10. Tourne vers F9, contourne la botte de foin par le haut jusqu'en F6, rejoins l'autre botte de foin en F5, contourne-la par le haut jusqu'en F3. Va en F2, remonte en D2, tourne vers C3, file jusqu'en C6 et rejoins ton point de départ.

Charades

pantalon

Mon premier fait la roue.
Mon deuxième est un adjectif possessif.
Mon troisième n'est pas court.
Mon tout a deux jambes.

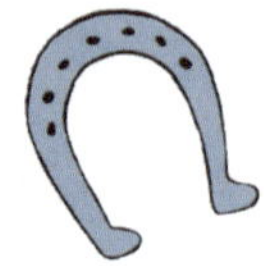

Ski nautique

Mon premier se pratique à la montagne.
Mon deuxième est « non » en anglais.
Mon troisième est un insecte.
Mon tout glisse sur l'eau.

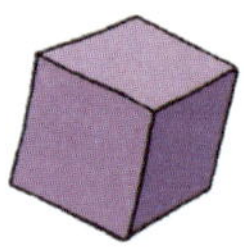

ascenceur

Mon premier est une lettre.
Mon deuxième est une préposition.
Mon troisième est un membre de la famille.
Mon tout sert à monter.

pomme de terre

Mon premier est un fruit.
Mon deuxième est un chiffre.
Mon troisième est une planète.
Mon tout est un légume.

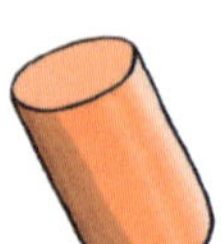

Le cadre

Le cadre qui entoure ce tableau est un carré dont le périmètre extérieur a 16 cm de plus que son périmètre intérieur. Le tableau à l'intérieur du cadre est également un carré dont les côtés mesurent 16 cm.

Quelle est la largeur du cadre ?

16 x 4 = 64 cm²

Sur le parking

Le directeur du supermarché Beaubois est très en colère. Des voleurs se sont introduits dans son magasin la nuit dernière et ont volé une table, quatre chaises et un bureau qui étaient entreposés à l'entrée du hangar en attendant d'être livrés.

Aussitôt alerté, l'inspecteur Laloupe mène l'enquête. Il relève des traces de pas dans le hangar qui montrent que les voleurs ont transporté les meubles jusqu'au parking, devant le magasin.

L'inspecteur, qui est un grand expert, a même repéré l'endroit exact où la voiture des voleurs était garée. Et là, il découvre une tache humide sur le sol.

« C'est de l'huile, déclare l'inspecteur. Cela signifie que la voiture des voleurs a une fuite et que nous allons pouvoir la suivre à la trace ! »

Et, en effet, les enquêteurs que Laloupe a chargés de suivre la piste des taches d'huile ont pu découvrir un garage où trois voitures suspectes sont dissimulées.

Les enquêteurs chargent donc les trois voitures sur un camion et les acheminent vers le parking où l'inspecteur se trouve encore. Ils s'attendent à être félicités, mais non, Laloupe grommelle : « Vous auriez pu vous contenter d'en faire venir une seule ! »

Les enquêteurs sont perplexes Et toi, peux-tu dire laquelle de ces trois voitures pourrait appartenir aux voleurs ?

Animaths

Trouve la valeur de chaque alien pour que cette addition soit juste. Cette addition ne contient pas de retenue.

En piste

Trouve les sept anomalies qui ne devraient pas figurer sur cette belle piste de ski.

Le bateau

Les habitants du village normand sont inquiets. On dirait bien qu'un redoutable bateau s'approche de la côte. Pour savoir si les villageois ont raison d'avoir peur et qui les menace, suis les indications du dessin codé.

Sur chaque ligne et chaque colonne, les chiffres t'indiquent quel nombre de cases voisines il faut colorier. Mais attention, les groupes de cases noircies doivent être séparés par une ou plusieurs cases blanches. Ainsi 1, 1, 1 signifie que tu dois colorier trois cases séparées au moins par une case blanche.

Pour t'aider, nous avons déjà colorié certaines cases.

Un conseil : quand tu sais que certaines cases doivent rester blanches, marque-les d'une croix.

	1 1	6	1 1	3 1 1	1 1 2 1	1 6 1	3 2 1	6 1	1 2 1	1 1	3
3											
1											
5											
1 1 1											
2 1 1 1			X		X		X		X	X	X
1 1 1 1											
2 5 1											
10											
1 1											
9	X										X

Les tubes

Combien pèse un tube de colle ?  = ...

 = 200 g

Le témoin

Parfois, les détectives qui mènent une enquête et cherchent des preuves pour accuser des voleurs ont de la chance : il arrive qu'un témoin fiable ait pu apercevoir les malfaiteurs au moment où ils commettaient leur méfait.

Et là, c'est exactement ce qui vient de se produire. Du coup, le commissaire Graimet est très confiant. Cet après-midi, un groupe de voleurs a attaqué une banque. Heureusement, monsieur Laigle, qui était au volant de sa voiture, a tout vu. Il raconte aux policiers :

« Je venais de remonter dans ma voiture et je me préparais à démarrer quand j'ai entendu le bruit de l'alarme qui venait de la banque. Je me suis retourné et j'ai vu les voleurs qui sortaient en courant. J'ai eu très peur et je me suis couché sur les sièges pour que personne ne me voie de l'extérieur. Je n'ai pas quitté des yeux mon rétroviseur et j'ai parfaitement vu les trois voleurs s'engouffrer dans une voiture noire. Ils ont pris la fuite à toute vitesse mais moi, j'ai eu le temps de noter ça ! »

Et fièrement, le témoin providentiel brandit un petit papier sur lequel il avait noté le numéro d'immatriculation de la voiture...

L'enquête était presque finie sauf que, parmi ces trois voitures que la police a interceptées, laquelle est vraiment celle des voleurs ?

UH 808 MA
AM 808 HU
HU 808 AM
AM 808 HU

Touché ! Coulé !

Cette grille représente un port où sont placés six bateaux. Trouve l'emplacement de chaque bateau en t'aidant des chiffres inscrits autour de la grille ; ils t'indiquent combien de cases tu dois colorier sur la ligne ou la colonne correspondante. Les bateaux ne se touchent jamais, même pas par un coin, et il y a toujours des cases vides entre eux.

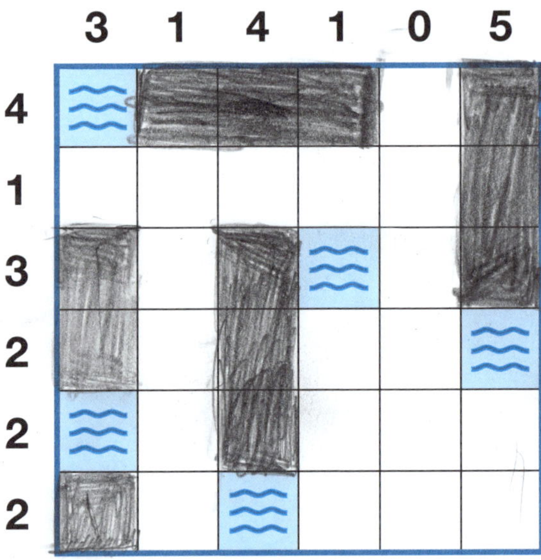

Pour commencer : colorie en bleu la ligne marquée 0 puis complète la dernière colonne.

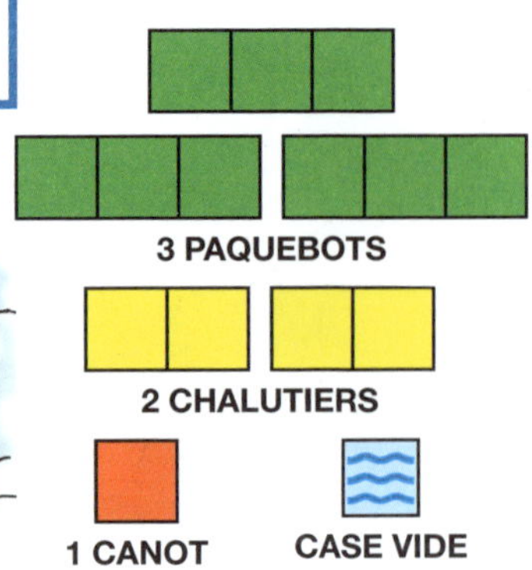

La kermesse

Lors de la kermesse de l'école, Natacha, Valentin, Manon et Louis ont acheté des billets de tombola. Ils espèrent tous décrocher un lot ! Trouve à qui appartient chaque ticket grâce à ces renseignements :

– Les filles ont des billets avec des numéros impairs.
– Les billets de Valentin et Natacha portent les mêmes chiffres dans un ordre différent.
– Manon et Valentin ont les plus petits numéros.

Sous le pont-levis

Trouve les bonnes réponses aux questions, puis écris les lettres correspondantes dans les cases et tu liras le nom du fossé qui entoure les châteaux forts.

1. À quelle période construisait-on des châteaux forts ?

C – Dans l'Antiquité.
D – Au Moyen Âge.
E – Au XVIIIe siècle.

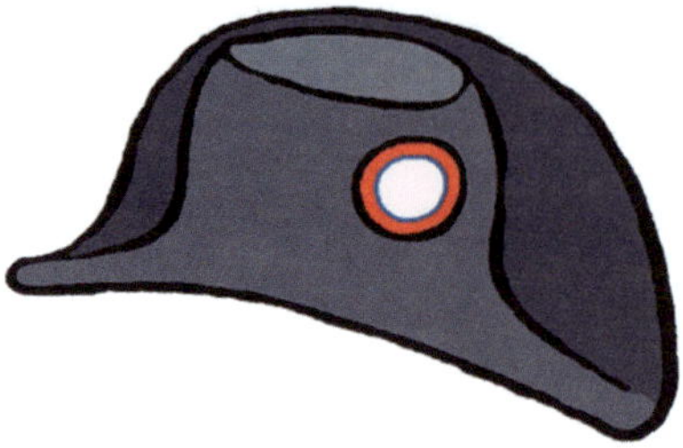

2. Où le Roi-Soleil recevait-il sa cour ?

N – À la Bastille.
O – Au château de Versailles.
P – Au château de Chantilly.

3. Sur quoi écrivaient les scribes égyptiens ?

S – Sur des feuilles vertes.
T – Sur du papier journal.
U – Sur des rouleaux de papyrus.

4. En quel siècle a eu lieu la Seconde Guerre mondiale ?

T – Au XVIe siècle.
U – Au XIXe siècle.
V – Au XXe siècle.

5. Comment appelle-t-on le chapeau de Napoléon ?

E – Un bicorne.
F – Un tricorne.
G – Un panama.

D	O	U	V	E

Le parking

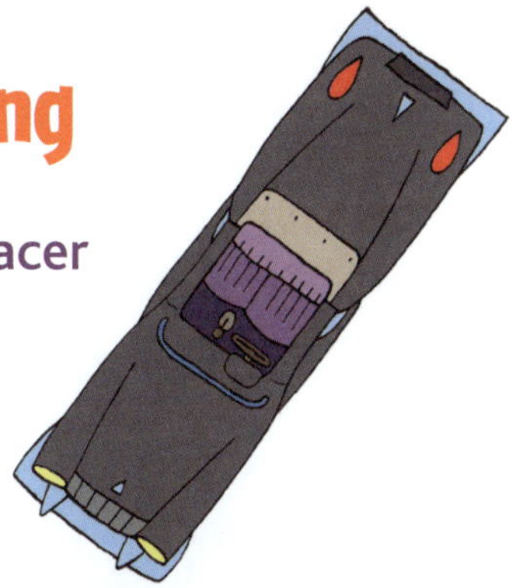

Combien de voitures faut-il déplacer pour permettre à la voiture grise de se garer dans ce parking ?

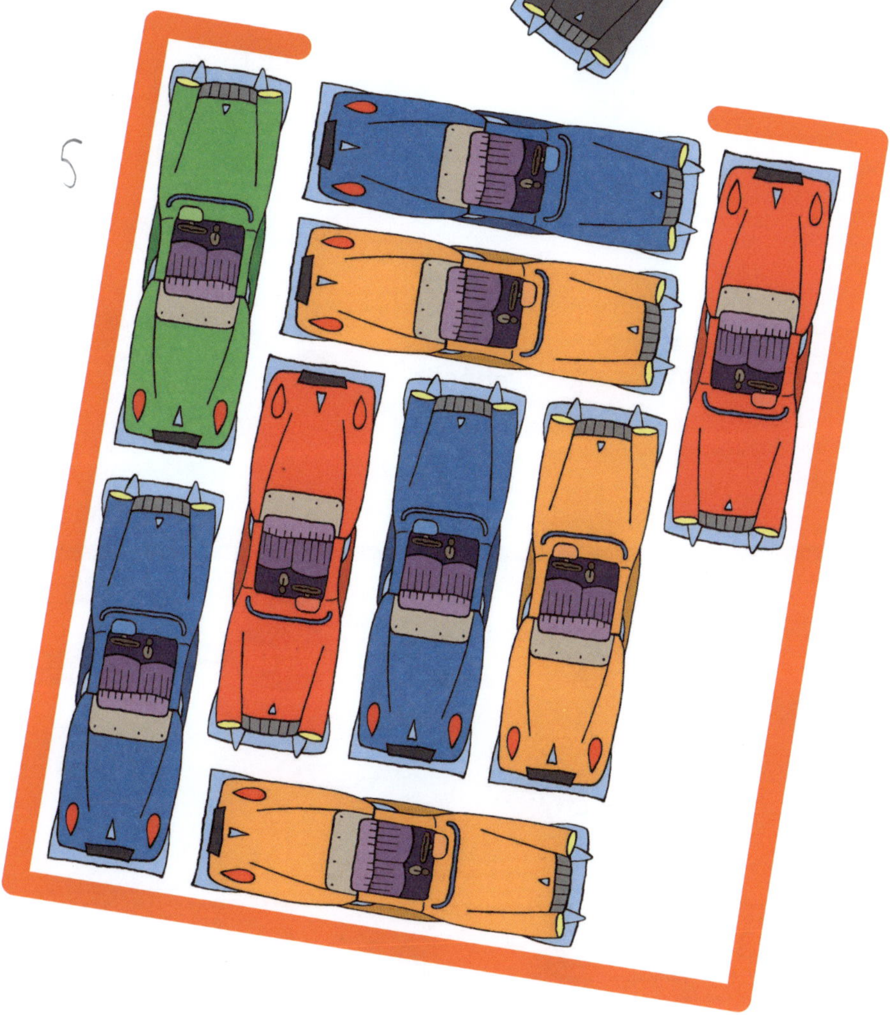

Animaths

Trouve la valeur de chaque alien pour que cette addition soit juste. Cette addition ne contient pas de retenue.

Bricolage

Paul aimerait bricoler. « D'accord, lui répond son père, mais d'abord il faut que tu retrouves l'outil que tu as perdu hier. » Aide Paul à savoir de quel outil il s'agit en suivant les consignes.

Pars du point noir de la case C1, remonte vers B2, descends en D4, remonte en B10, descends en C10, tourne vers E5, retourne vers G10, descends en H10, remonte en F4, redescends en H2, tourne vers G1, monte en F1, redescends vers G2, remonte en E3 puis en C2, descends en D1 et rejoins ton point de départ.

Noël aux antipodes

Mélanie adore qu'on l'admire. Elle ne manque jamais une occasion de raconter à ses copains toutes sortes d'aventures extraordinaires qu'elle dit avoir vécues.

Bien sûr, tout le monde se doute qu'elle exagère un peu mais cette fois, elle a fait plus qu'exagérer, elle a menti, tout simplement ! Kamel et Sabine en sont presque convaincus et ils cherchent une preuve du mensonge de Mélanie. Elle leur a raconté qu'elle avait un cousin qui vivait en Australie et qu'il lui envoyait régulièrement des cadeaux originaux. Cette semaine, par exemple, Mélanie s'est vantée d'avoir reçu un sac en fourrure de kangourou. Sabine et Kamel se demandent si ça existe vraiment la fourrure de kangourou.

Mélanie se rend bien compte que ses copains ont des doutes et, le lendemain, elle arrive avec de nouvelles photos pour les convaincre qu'elle dit vrai :
« Ce sont des photos de mon cousin Harry. Il vit à Canberra, c'est la capitale de l'Australie mais, en ce moment, pour Noël, il est parti dans sa maison de campagne, car il adore passer les fêtes de Noël à la montagne. Vous savez, c'est un vrai champion de ski, mon cousin. Il a pris cette photo la semaine dernière et il vient de me l'envoyer. »

Cette fois-ci, Mélanie a vraiment exagéré ; Sabine et Kamel sont maintenant certains qu'elle a tout inventé !
Et toi, qu'en penses-tu ?

JOYEUX NOËL!

Touché ! Coulé !

Cette grille représente un port où sont placés six bateaux. Trouve l'emplacement de chaque bateau en t'aidant des chiffres inscrits autour de la grille ; ils t'indiquent combien de cases tu dois colorier sur la ligne ou la colonne correspondante. Les bateaux ne se touchent jamais, même pas par un coin, et il y a toujours des cases vides entre eux.

	4	1	2	3	2	2
4						
1						
0						
4						
1						
4						

Pour commencer : colorie en bleu la ligne marquée 0 puis complète la dernière colonne.

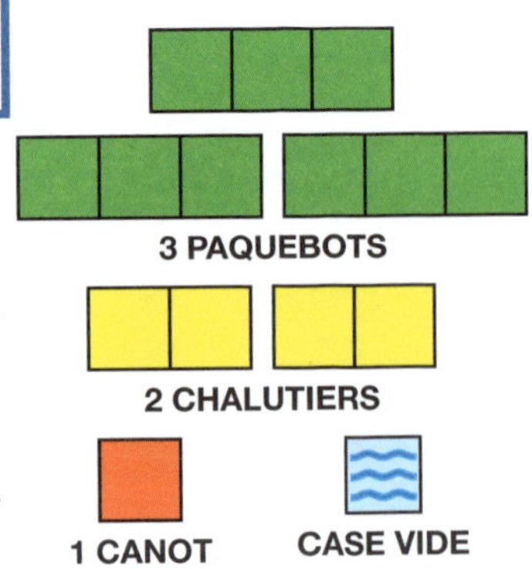

Les supporters

Cinq spectateurs supportent chacun une équipe de football. Peux-tu rendre à chacun sa nationalité si tu sais que le Brésilien et l'Argentin ont une écharpe rouge, que le Brésilien et l'Anglais ont un fanion jaune, que le Croate et l'Argentin ont un pull bleu et que le Croate et l'Italien ont une écharpe bleue ?

Futoshiki

Remplis cette grille pour que tous les chiffres de 1 à 5 soient inscrits une seule fois sur chaque ligne et chaque colonne. Pour t'aider, les signes < (plus petit que) et > (plus grand que) te renseignent sur les deux chiffres contenus dans les deux cases voisines.

5	2	1	4	3
	^			
2	3	5	1	4
	^			
3	4	2	5	1
4	1	3	2	5
1	5	4 >	3	2

Rébus

Dis à haute voix ce que tu vois écrit ou dessiné ici pour décoder ce rébus.

Circuit électrique

Va de l'ampoule électrique à l'interrupteur.
À chaque carrefour, quand tu rencontres une question, choisis la bonne réponse et tu seras sur le bon chemin.

Joyeux Noël !

Dans la famille Pierrot, on ne fête pas Noël comme dans les autres familles. Chaque fois, autour du sapin, tout le monde se retrouve, les oncles, les tantes, les cousins et les cousines, et chacun apporte un cadeau.
Ensuite, on tire au sort les paquets !
Parfois, cela donne des résultats cocasses. Cette année, par exemple, huit personnes sont réunies pour le réveillon et c'est tante Anna qui a été chargée du tirage au sort.
Elle a commencé par poser une étiquette sur chaque cadeau puis a mis huit petits papiers dans un chapeau et le tirage au sort a commencé.

Catherine, la maman des jumeaux, a apporté un jeu de société et a reçu un roman. Cédric et Pauline, les jumeaux, ont apporté un flacon de parfum chacun et ont reçu un DVD pour Cédric et une BD pour Pauline que Jérémy avait apportée.
Tante Anna a apporté une boîte de chocolats et oncle Armand, un roman.
Leurs enfants, Jérémy et Marjorie, ont reçu un paquet jaune pour Jérémy et un flacon de parfum pour Marjorie.
L'autre flacon de parfum a été reçu par tante Anna et Thomas, le mari de Catherine, a reçu un puzzle apporté par Marjorie.

Regarde bien la photo qui a été prise le soir de Noël et trouve qui avait apporté le DVD et qui a reçu les chocolats et le jeu de société.

1200 PIECES
PUZZLE
DVD

Les bonbons

Combien pèse un sac de bonbons noirs ?  = ...

 = 200 g

 = 500 g

Le village indien

Trouve huit éléments que les Indiens des Grandes Plaines ne connaissaient pas au temps de la conquête de l'Ouest.

Le fantôme

Dans le vieux château des McScott, trois fantômes ont été aperçus. Le vieux Ronald ne quitte pas son épée, lady Mariam porte une couronne, seul John est un fantôme ordinaire. Pour savoir qui hante le château cette nuit, suis les indications du dessin codé.

Sur chaque ligne et chaque colonne, les chiffres t'indiquent quel nombre de cases voisines il faut colorier. Mais attention, les groupes de cases noircies doivent être séparés par une ou plusieurs cases blanches ! Ainsi, 4, 4 signifie que tu dois colorier deux groupes de quatre cases séparés par des cases blanches. Pour t'aider, nous avons déjà colorié certaines cases.
Un conseil : quand tu sais que certaines cases doivent rester blanches, marque-les d'une croix.

	2 6	2 5	3 4	1 4	1 3	0	1 1	1 1	2 2	3 3	2 5
4 4											
3 1 1 3	■	■	■	X	■	X	■	X	■	■	■
1 1											
0											
1											
2 1											
4 1											
5 2											
5 3											
5 5											

Au marché

Ce matin, Arthur, Ana, Léa, Chloé et Grégoire sont allés au marché. Rends à chacun son prénom grâce à ces renseignements :

– Grégoire et Chloé ont le plus grand nombre de fruits.
– Léa et Ana en ont le même nombre.
– Arthur et Grégoire ont choisi des fruits rouges.
– Léa et Chloé n'aiment pas les bananes.

Rouge ou vert ?

Karim a empilé et collé des cubes verts pour former cet escalier, puis il a peint toutes les faces extérieures en rouge, même les deux faces arrière et celles du dessous que tu ne vois pas.

Si on décollait les cubes, combien de faces resteraient vertes ?

Tour de magie

Si tu es aussi fort qu'un magicien, trouve la carte mystère qui n'est pas un pique, qui se trouve entre deux cartes noires et qui n'est pas un cœur. le carreau

Recette de cuisine

Pour faire un gâteau au chocolat pour 6 personnes, mamie utilise 3 œufs, 240 g de farine, 30 g de beurre et 180 g de chocolat.

Combien faut-il prévoir de chaque ingrédient pour faire le même gâteau pour 4 personnes seulement ?

Les faussaires

Le jeune journaliste de *La Gazette du Centre* est très heureux d'avoir été choisi par son rédacteur en chef pour réaliser ce reportage.

En effet, un groupe d'archéologues vient d'annoncer la découverte d'une grotte préhistorique couverte de peintures murales de toute beauté. Cette trouvaille fait grand bruit et toute la presse, les radios et les chaînes de télévision se pressent sur place pour admirer les chefs-d'œuvre. Des caméras sont installées partout, des micros se tendent vers les découvreurs de la grotte. Beaucoup de public, beaucoup de bruit, beaucoup d'agitation… Le jeune journaliste de *La Gazette* est tout intimidé. Pour le moment, il n'a pas encore réussi à s'approcher de l'entrée ni même à dire deux mots à l'un des archéologues. Si ça continue, il va être le seul à ne rapporter aucune information de l'événement… Ce qui ne serait pas très bon pour sa carrière.

Finalement, le jeune homme se faufile jusqu'à la grotte en se disant que, s'il rate l'interview des héros du jour, il pourra toujours au moins photographier les fresques. Et en effet, il réussit à entrer, se place face au mur et commence à régler ses appareils quand soudain, en riant, le jeune journaliste se dit que ce n'est vraiment pas grave de n'avoir pas pu interviewer les archéologues…

Pourquoi à ton avis ?

Animaths

Trouve la valeur de chaque alien pour que ces opérations soient justes.

Pour t'aider, un des nombres est déjà décodé.

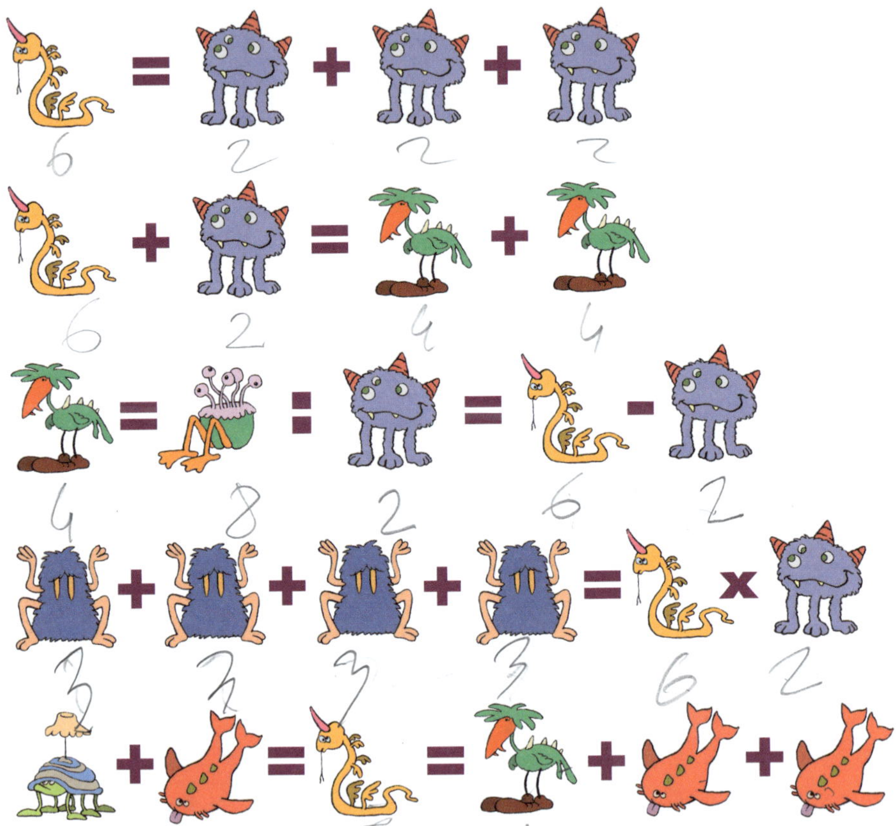

Les cadeaux

Mamie a préparé neuf cadeaux qu'elle veut distribuer à ses trois petits-enfants. Sur chaque cadeau, tu vois l'étiquette avec le prix que mamie n'a pas encore retirée. Elle veut offrir au petit Théo trois cadeaux pour un total de 6 euros, au grand Thomas trois cadeaux pour une valeur de 15 euros et à leur grande sœur, Bérangère, trois cadeaux pour une valeur de 24 euros. Comment va-t-elle s'y prendre ?

Suite logique

Par quel nombre dois-tu remplacer le point d'interrogation pour que cette suite soit logique ?

12,3 - 23,4 - 34,5 - 45,6 - ?

Six faces

Trouve les bonnes réponses aux questions, puis écris les lettres correspondantes dans les cases et tu liras le nom de volumes.

1. Combien de côtés possède un losange ?

B – 3.
C – 4.
D – 5.

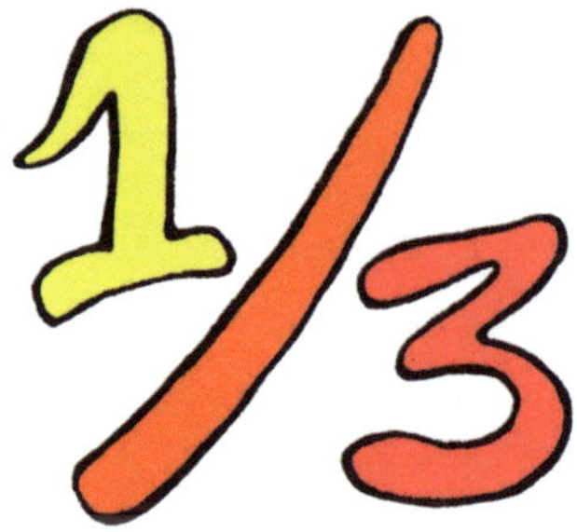

2. Dans le nombre 425,362 quel est le chiffre des dixièmes ?

T – 6.
U – 3.
V – 2.

3. Comment lis-tu cette fraction : 1/3 ?

A – Un quart.
B – Un tiers.
C – Un demi.

4. Quelle est la surface d'un carré dont le côté mesure 10 cm ?

E – 100 cm^2.
F – 100 cm.
G – 40 cm^2.

5. Quel instrument utilises-tu pour tracer un cercle ?

S – Un compas.
T – Une équerre.
U – Une règle.

Les jetons

Déplace seulement cinq jetons pour que le triangle pointe vers le haut.

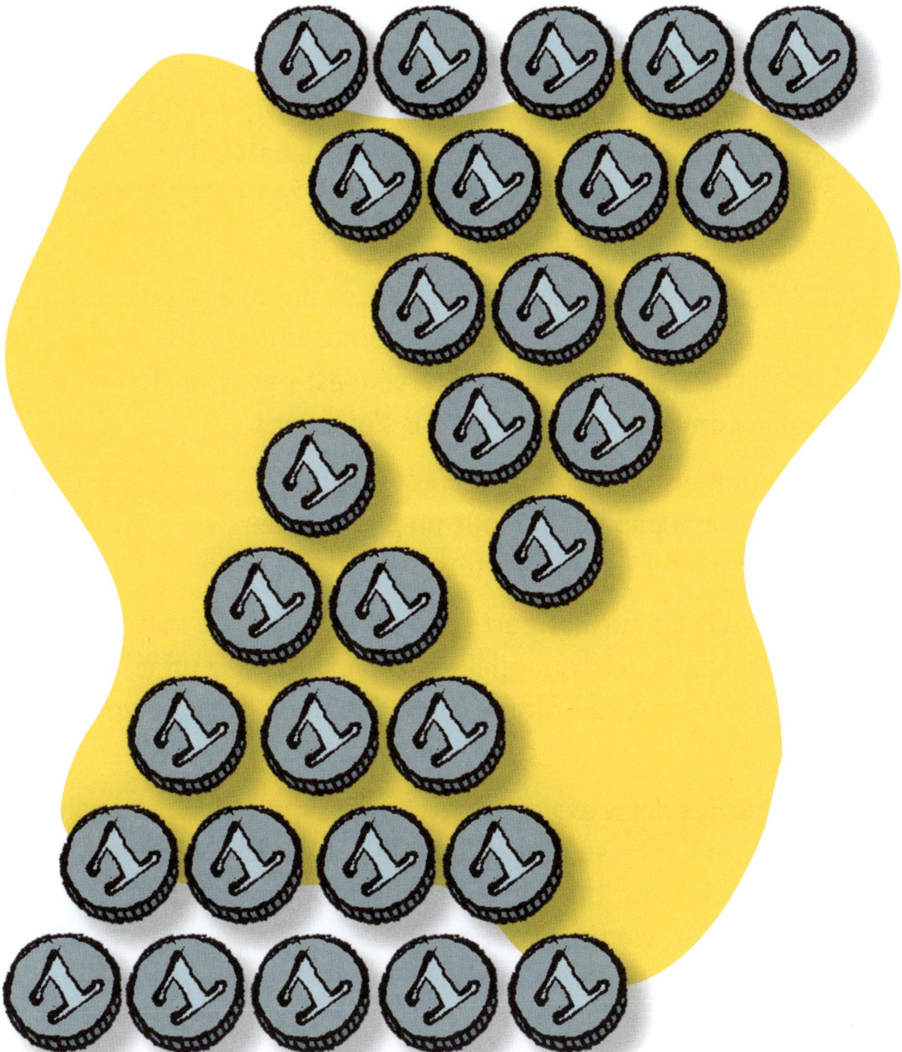

Rendez-vous d'espions

Le métier d'espion est très dangereux mais parfois il comporte des bons moments. Par exemple, aujourd'hui, 0027 a rendez-vous avec l'un de ses collègues pendant une fête de carnaval.

En attendant la rencontre, 0027 participe à une bataille de confettis et mange de la barbe à papa rose. Il n'aime pas tant que ça la barbe à papa, mais c'est le signal que l'autre espion attend.

0027 se promène donc dans la foule, sa barbe à papa à la main, en lançant de temps en temps une poignée de confettis sur les fêtards. Et ça, ce n'est pas pour donner un signe convenu, c'est juste pour s'amuser !

0027 commence à être un peu écœuré par sa barbe à papa et surtout un peu inquiet car personne ne semble s'intéresser à lui.

Il se met alors à fureter partout à la recherche de son correspondant mais, quand il le trouve, il pousse un cri d'effroi. Son collègue a été assommé par un inconnu qui lui a volé son sac à dos rouge qui contenait le document secret.

Ensemble, les deux espions cherchent comment ils pourraient reconnaître l'agresseur au milieu de cette foule de badauds costumés. Surtout que la seule chose dont le collègue de 0027 se souvienne est que la brute qui l'a agressé porte des chaussures noires !

Peux-tu reconnaître cet agresseur dans la foule ?

Message codé

Remplace chaque lettre de ce message par celle qui la suit dans l'alphabet. Par exemple si tu vois un A, note un B, si tu vois un B, note un C et si tu vois un Z, note un A.

A	B	C	D	E	F	G	H	I	J	K	L	M	N	O	P	Q	R	S	T	U	V	W	X	Y	Z
B	C	D	E	F	G	H	I	J	K	L	M	N	O	P	Q	R	S	T	U	V	W	X	Y	Z	A

I D   R Z H R   E Z H Q D   K D R

_ _   _ _ _ _   _ _ _ _ _   _ _ _

C H U H R H N M R

_ _ _ _ _ _ _ _ _

Charades

Mon premier est un synonyme de « jolie ».
Mon deuxième est une lettre de l'alphabet.
Mon troisième est un pronom relatif.
Mon tout est un pays.

Mon premier entoure un champ.
Mon deuxième est un homme en argot.
On dort dans mon troisième.
Mon quatrième est une lettre de l'alphabet.
Mon tout est une valeur de la République française.

1

Dans l'espace

Cinq extraterrestres viennent d'arriver sur Terre.
Trouve la provenance de chacun d'eux
grâce ces renseignements :

– Le Plutonien et le Vénusien ont plus de bras que le Jupitérien et le Martien mais moins que le Mercurien.
– Le Vénusien et le Jupitérien ont trois antennes.
– Le Martien et le Vénusien ont deux jambes.
– Le Plutonien et le Martien ont deux antennes.

Futoshiki

Remplis cette grille pour que tous les chiffres de 1 à 5 soient inscrits une seule fois sur chaque ligne et chaque colonne. Pour t'aider, les signes < (plus petit que) et > (plus grand que) te renseignent sur les deux chiffres contenus dans les deux cases voisines.

5	4	2	1	3
3	1	4	5 >	2
2	5	1	3	4
		^		
1	2	3	4	5
4	3	5	2	1

Rébus

Dis à haute voix ce que tu vois écrit ou dessiné ici pour décoder ce rébus.

Historique

Aide ce jeune archéologue à rejoindre la pyramide.
À chaque carrefour, quand tu rencontres une question, choisis la bonne réponse et tu seras sur le bon chemin.

Quelques feuilles

Trouve les bonnes réponses aux questions,
puis écris les lettres correspondantes dans les cases
et tu liras le nom de ce que tu tiens dans les mains.

1. Quel est le métier de Tintin ?

K – Détective.
L – Reporter.
M – Garagiste.

2. Contre qui se bat Harry Potter ?

I – Lord Voldemort.
J – Albus Dumbledore.
K – Professeur Fol Œil.

3. Quel est l'empereur romain dans *Astérix et Obélix* ?

T – Néron.
U – Caligula.
V – Jules César.

4. De quoi ont peur les vampires ?

S – Des oignons.
R – De l'ail.
T – De la couleur rouge.

5. Quelle est la particularité de Raiponce ?

E – Elle a de très longs cheveux.
D – Elle a de très longs ongles.
F – Elle peut transformer ce qu'elle veut en or.

La corvée

Le seigneur de Maubuisson a convoqué ses serfs pour une grande corvée. Si tu veux savoir ce qu'il va leur demander de construire, pars du point noir et suis les consignes un château

Pars du point noir de la case A9, descends en B9 puis en C8 et H9. Tourne vers H2 et remonte en C3, B2 et A2. Tourne vers A4, descends en B4, tourne vers B5, remonte en A5, va en A6. Descends en B6, tourne vers B7, remonte en A7, puis rejoins ton point de départ.

Les pépites volées

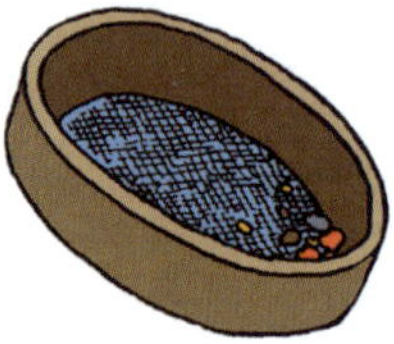

Au camp des chercheurs d'or, on ne peut pas dire qu'il n'y ait jamais de bagarres. Non, on ne peut pas le dire ! Ou alors ce serait un gros mensonge.

Le vieux Tommy, le grand Sam et John le Rouge sont les pires. Ils ne ratent jamais une occasion de transformer la moindre petite dispute en pugilat général, mais, au fond, ils sont les meilleurs amis du monde ; ils savent qu'ils peuvent compter les uns sur les autres. C'est pourquoi, quand le grand Sam s'est aperçu ce matin qu'un voleur s'était emparé du sac de toile où il garde ses pépites d'or, il a tout de suite appelé ses amis. Tous les trois ont bien réfléchi. On est encore tôt le matin, et le voleur n'a pas pu quitter le camp sans être entendu. Il est donc encore là, faisant semblant de dormir sous l'une des tentes voisines.

Les trois chercheurs d'or décident donc d'aller réveiller les hommes qui dorment aux alentours quand, soudain, le vieux Tommy remarque, sur la paroi de la cabane de Sam, un morceau de toile accroché à un clou qui dépasse.
« Le voleur a dû déchirer le sac de pépites à ce clou en s'enfuyant », dit Sam.
C'est alors que John le Rouge a une idée. Il annonce à ses copains : « Je crois qu'il ne sera pas nécessaire de fouiller toutes les tentes. Une seule suffira pour trouver le voleur, j'en suis sûr ! »

Quelle est l'idée de John et quelle tente va-t-il fouiller ?

Joyeux Noël !

C'est bientôt Noël et Mélissa attend avec impatience de découvrir ses cadeaux. Elle a commandé des patins à glace, des jeux vidéo et une raquette de tennis. Pour savoir ce qu'elle va recevoir, suis les indications du dessin codé.

Sur chaque ligne et chaque colonne, les chiffres t'indiquent quel nombre de cases voisines il faut colorier. Mais attention, les groupes de cases noircies doivent être séparés par une ou plusieurs cases blanches. Ainsi 1, 1, 1 signifie que tu dois colorier trois cases séparées par au moins une case blanche.
Pour t'aider, nous avons déjà colorié certaines cases.
Un conseil : quand tu sais que certaines cases doivent rester blanches, marque-les d'une croix.

				1		2	4	1			
			3	1	2	1	1	1	1	8	
	3	1	1	1	3	1	1	1	4	1	1
4	X	X	X	X	X	X	■	■	■	■	X
1 1											
1 1											
2 1											
2 1											
3 1											
1 2											
1 8											
1 1 1											
11											

Les balles

Combien pèse une balle jaune ?  = ...

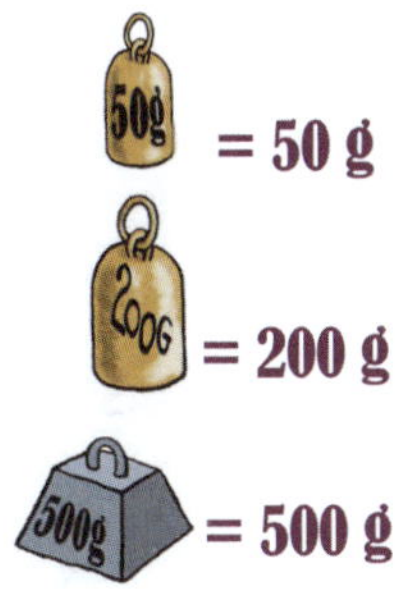

Animaths

Trouve la valeur de chaque alien pour que ces opérations soient justes.

Pour t'aider, un des nombres est déjà décodé.

Rentrée des classes

Dans la classe de madame Charrier, il y a 19 tables à deux places. Cette année, 28 élèves entrent au CM2 dans sa classe. Madame Charrier se demande combien d'élèves au maximum elle pourrait installer seuls à une table.

Suite logique

Par quelle date dois-tu remplacer les points d'interrogation pour que cette suite soit logique ?

31 MAI 2010

30 AVRIL 2009

31 MARS 2008

28 FÉVRIER 2007

? ? ? ? ? ? ? ? ? ?

31 janvier 2006

Code secret

Il y a des heures, maintenant, que les deux agents secrets essaient de trouver le mot de passe qui déverrouillera l'ordinateur où le traître a caché des documents ultra-confidentiels.

Cela devient urgent car le jour va bientôt se lever et les gardes que les deux hommes ont assommés vont avoir fini leur service. Ce qui veut dire que l'équipe du matin va venir les remplacer et que les deux agents secrets risquent d'être capturés.

Le plus vieux des deux agents commence à s'énerver :
« C'est tout de même incroyable que nous n'arrivions à rien ! Nous avons réussi à décoder le message secret et, normalement, tout devrait être simple, et pourtant...
– Relisons les instructions, dit le plus jeune, et réfléchissons. »

Le plus ancien reprend le papier sur lequel il a tout noté et relit, pour la centième fois au moins, le curieux texte qui y est noté : « Le mot de passe est constitué de deux notes de musique. Pour les trouver, prenez une calculette et trouvez le résultat de cette opération : 1410,30 : 2. »

« Oui, cela fait 705,15, dit le plus jeune.
Nous avons fait et refait cette division vingt fois.
– Eh oui, continue l'ancien. Mais quel rapport y a-t-il entre ce nombre et deux notes de musique ? »

Seras-tu plus malin que les deux agents secrets ?

T DE PASSE :

En Amérique

Trouve les bonnes réponses aux questions, puis écris les lettres correspondantes dans les cases et tu liras le nom d'un État américain.

1. Le 21 décembre, dans quelle ville fait-il le plus chaud ?

I – Sydney.
J – New York.
K – Madrid.

2. Lequel de ces cours d'eau n'est pas un fleuve ?

B – Le Rhône.
C – Le Mississippi.
D – La Marne.

3. Quand a lieu la nuit de la Saint-Sylvestre ?

A – Le 31 décembre.
B – Le 15 novembre.
C – Le 21 juin.

4. Quelle est la capitale de l'Australie ?

F – Melbourne.
G – Darwin.
H – Canberra.

5. Quel est le plus haut sommet du monde ?

O – L'Everest.
P – Le Kilimandjaro.
Q – Le mont Blanc.

Voilà le facteur !

Ce matin, le facteur apporte une lettre dans chacune de ces maisons. Complète l'adresse sur les cinq enveloppes grâce à ces renseignements puis indique à qui appartient chacune des voitures.

– Les deux voitures rouges appartiennent à Maëlle et Sandra.
– Le numéro de la maison de Dora vaut le double de celui de la maison de Joris.
– Sandra n'a pas la télévision.
– La voiture de Martin est noire.

Touché ! Coulé !

Cette grille représente un port où sont placés six bateaux.
Trouve l'emplacement de chaque bateau
en t'aidant des chiffres inscrits autour de la grille ;
ils t'indiquent combien de cases tu dois colorier
sur la ligne ou la colonne correspondante.
Les bateaux ne se touchent jamais, même pas par
un coin, et il y a toujours des cases vides entre eux.

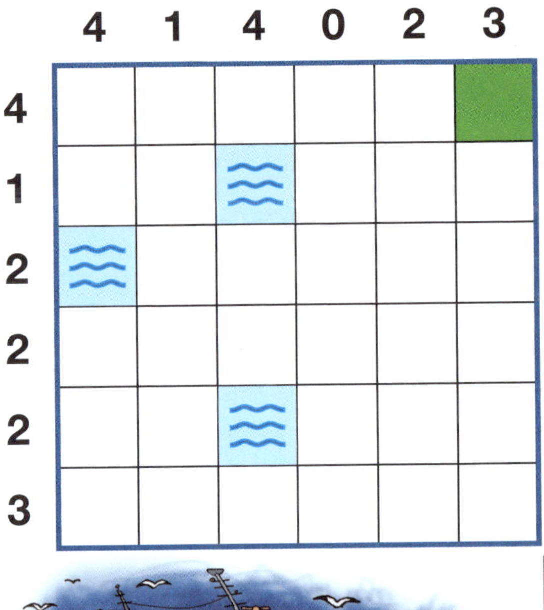

Pour commencer :
colorie d'abord
en bleu la colonne
marquée 0
puis complète
la dernière colonne.

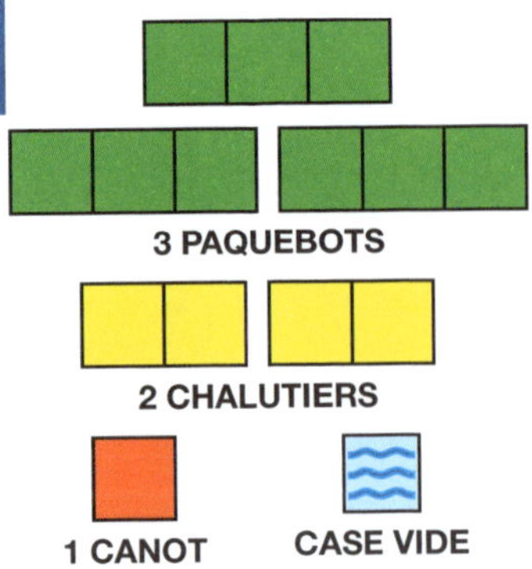

À la mer

Trouve sept anomalies dans cette scène de bord de mer.

Charades

Mon premier est un adjectif possessif.
Mon deuxième est un arbre toujours vert.
Mon troisième est une préposition.
Mon quatrième est une fête.
Mon tout est bien décoré.

Mon premier miaule.
Mon deuxième est un rongeur.
Mon troisième est une préposition.
Mon tout est un jeu.

Mon premier laisse des traces.
Mon deuxième est un animal.
Mon troisième fait taire les voix.
Mon tout sert à descendre.

Mon premier est un pronom personnel.
Mon deuxième est le petit de la vache.
Mon troisième est une lettre.
Mon tout vient d'arriver.

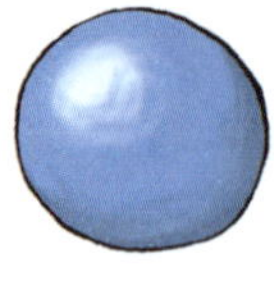

Les bûcherons

De bon matin, Pierre et Paul, les frères bûcherons, entrent dans la forêt avec le projet d'abattre quelques arbres. Pour savoir ce qu'ils vont utiliser, pars du point noir et suis les consignes.

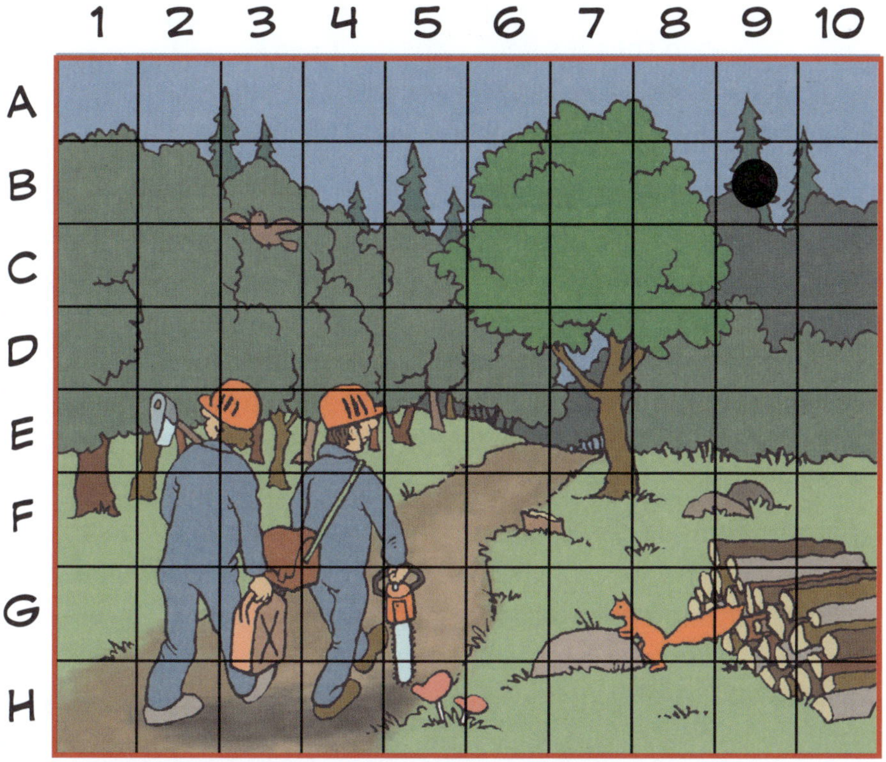

Pars du point noir de la case B9, descends en D10, tourne vers D8 puis en C7. Ensuite, descends et monte successivement en E7, D6, E6, D5, E5, D4, E4, D3, E3, D2, E2. Remonte vers D1, puis tout droit vers C1, et rejoins à ton point de départ.

Le coffre-fort

Arsène Mutin est le plus grand voleur du monde ! Le plus malin, le plus rusé, le plus chanceux de tous les voleurs ! Du moins, c'est ce qu'il dit. Tout son secret consiste à trouver un complice dans la maison qu'il veut cambrioler. Il prétend que tous les gens riches ont des ennemis ou des jaloux qui acceptent facilement de l'aider dans ses cambriolages contre la promesse d'un peu d'argent.

Et il faut bien avouer que cette tactique fonctionne à merveille. Par exemple, aujourd'hui, le voilà dans le bureau d'un riche banquier qui cache, lui a-t-on dit, une fortune dans son coffre-fort.
Arsène a convaincu un employé du banquier de lui donner le code qui permet d'ouvrir le coffre-fort. Bien sûr, par prudence, les deux hommes ne se sont jamais rencontrés et c'est par téléphone que le complice d'Arsène lui a communiqué la combinaison qui permet d'ouvrir le coffre.
« C'est facile de s'en souvenir, avait dit le jeune homme, le code, c'est soixante-neuf. »
Ensuite, Arsène a attendu que le banquier parte en vacances avec toute sa famille et il s'est introduit, de nuit, dans son bureau.
Mais, cette fois, tout ne se passe pas comme prévu. Arsène essaie la combinaison plusieurs fois mais le coffre refuse de s'ouvrir !

Si tu étais un voleur, quelle combinaison essaierais-tu de former pour ouvrir le coffre-fort ?

9
I
6
V
1
X
3
L

Animaths

Trouve la valeur de chaque alien pour que cette addition soit juste. Attention ! As-tu remarqué la retenue ?

1

Le parc animalier

Aide Amélie, la jeune vétérinaire, à entrer au zoo.
À chaque carrefour, quand tu rencontres une question, choisis la bonne réponse et tu seras sur le bon chemin.

Futoshiki

Remplis cette grille pour que tous les chiffres de 1 à 5 soient inscrits une seule fois sur chaque ligne et chaque colonne. Pour t'aider, les signes < (plus petit que) et > (plus grand que) te renseignent sur les deux chiffres contenus dans les deux cases voisines.

						1		5
				5				
4		3						1
			>	4	>	2		
								∧
		2				3		

Rébus

Dis à haute voix ce que tu vois écrit ou dessiné ici pour décoder ce rébus.

Le temple mystérieux

En fouillant la terre, des archéologues viennent de trouver le toit d'un ancien temple recouvert d'or ! Ils prennent les mesures de leur découverte : le toit du temple est un rectangle dont la longueur est de 25 m et la largeur de 15 m. C'est extraordinaire ! Personne n'a jamais vu autant de métal précieux en un même endroit.

Calcule la surface de la plaque d'or sachant que le toit est entièrement recouvert de ce métal sauf les cinq dalles gravées qui sont des carrés dont les côtés mesurent 80 cm.

Le concours

Toutes les semaines, papy et mamie achètent un magazine qui donne les programmes de la télévision. Bien sûr, ils y vérifient les horaires de leurs émissions préférées mais, surtout, ils se précipitent sur le concours en espérant gagner le voyage au bout du monde ou la spendide cuisine aménagée qui ressemble à celles des grands restaurants.

En général, les questions sont faciles. Il suffit de trouver le titre du dernier épisode d'une série ou le prénom du héros du film du dimanche soir.

Mais cette semaine, il s'agit de gagner un ordinateur dernier cri en trouvant la réponse à une question que mamie trouve très difficile !
« Je n'y comprends rien, dit mamie. Ils donnent une suite de nombres et ils demandent quel autre nombre complète logiquement la suite.
– Et quels sont les premiers nombres ? demande papy.
– Il y en a quatre : 12 – 34 – 56 – 78, répond mamie.
– Pfff, c'est difficile. Il faudrait demander à Antoine. Lui, il est bon en maths. »

Mais Antoine, leur petit-fils, ne trouve pas non plus. Et voilà que toute la famille cherche la réponse à l'énigme. Il faut dire que papy a promis à Antoine que, s'ils gagnaient le premier prix du concours, c'est lui qui recevrait l'ordinateur !

Peux-tu aider Antoine à gagner l'ordinateur ?

Animaths

Trouve la valeur de chaque alien pour que ces opérations soient justes.

Pour t'aider, un des nombres est déjà décodé.

Interstellaire

Deux astronautes reviennent sur Terre après avoir exploré une planète lointaine. Trouve les cinq souvenirs qu'ils rapportent de leur voyage galactique.

Bon anniversaire !

Pour l'anniversaire de Jules, sa grande sœur a décidé de lui préparer un gâteau ; elle a hésité entre plusieurs recettes mais finalement, ce sera une tarte. Pour savoir quel fruit elle veut utiliser, suis les indications du dessin codé.

Sur chaque ligne et chaque colonne, les chiffres t'indiquent quel nombre de cases voisines il faut colorier. Mais attention, les groupes de cases noircies doivent être séparés par une ou plusieurs cases blanches. Ainsi 2, 1, 2 signifie que tu dois colorier deux cases puis une puis deux, séparées par au moins une case blanche. Pour t'aider, nous avons déjà colorié certaines cases. Un conseil : quand tu sais que certaines cases doivent rester blanches, marque-les d'une croix.

	5	2 2	1 2	2 1	1 1	3 1	1 1 1	2 1	1 2	2 2	5
1											
1											
3 1 3											
2 5 2	■	■	X	■	■	■	■	■	X	■	■
1 1	■										■
1 1											
1 1											
2 2											
2 1 2											
3 3											

Argent de poche

Maëlle a reçu 36 euros d'argent de poche. Elle s'en est servie pour acheter des albums de BD qui coûtent 8 euros chacun et un crayon qui vaut 2,75 euros. Elle a donné tout son argent à la libraire qui lui a rendu 1,25 euros.

Combien d'albums de BD Maëlle a-t-elle achetés ?

Suite logique

Par quelle carte dois-tu remplacer le point d'interrogation pour que cette suite soit logique ?

Au bout de la ligne

Trouve les bonnes réponses aux questions, puis écris les lettres correspondantes dans les cases et tu liras le nom d'un poisson.

1. Que met-on au bout d'une canne à pêche pour attirer les poissons ?
B – Une araignée.
C – Un hameçon.
D – Un morceau de sucre.

2. En France, tu es majeur(e), si tu as plus de :
A – 18 ans.
B – 16 ans.
C – 15 ans.

3. Le président de la République française est élu pour :
Q – 4 ans.
R – 5 ans.
S – 7 ans.

4. Quelle matière travaille l'ébéniste ?
N – Le métal.
O – Le plastique.
P – Le bois.

5. Quand ont lieu généralement les vendanges ?
E – En septembre.
F – En décembre.
G – En juin.

La cible

Trois copains jouent aux fléchettes. Chacun dispose de trois fléchettes de la même couleur. Les trois copains ont déjà lancé deux fléchettes chacun.

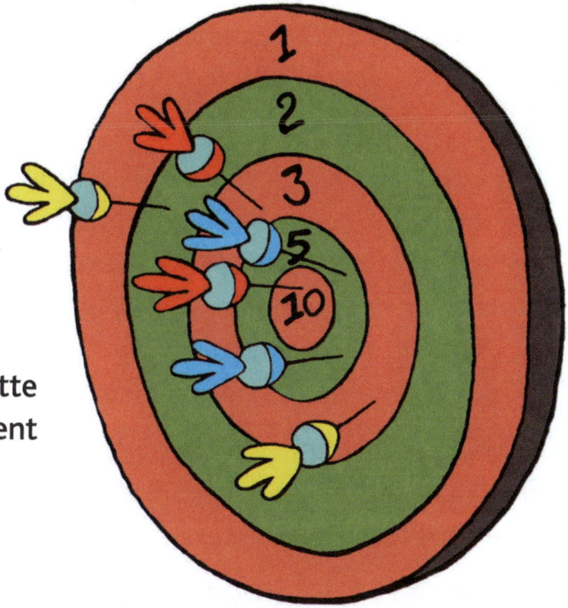

Quel score chacun des joueurs doit-il faire avec sa troisième fléchette pour atteindre exactement 15 points ?

Le trésor des pirates

Les pirates ont enfermé leur trésor dans des coffres qui contiennent chacun quatre boîtes qui renferment chacune cinq sacs. Chaque sac contient 15 pièces d'or. Le pirate Barbe-Noire possède 900 pièces d'or.

Dans combien de coffres sont-elles réparties ?

Les diamants

Le comte Fortunat garde depuis toujours dans un coffre-fort les bijoux de sa grand-mère. Parfois, quand il est de bonne humeur, il accepte de les montrer à ses neveux mais jamais ne les a autorisés à y toucher.

Ces bijoux sont superbes et valent une fortune. Les neveux du comte rêvent parfois de tout l'argent qu'ils obtiendront quand ils pourront les vendre. Mais Fortunat ne plaisante pas avec l'héritage familial. Il le leur dit à chaque fois qu'il ouvre le coffre-fort : « Moi vivant, aucun de ces bijoux ne sera vendu à un étranger ! »

Toutefois, ce matin, en entrant dans son bureau, le comte a eu la désagréable surprise de voir que son coffre avait été forcé et que les bijoux avaient disparu.

Sans attendre, il convoque ses trois neveux dans son bureau et leur demande d'y rester en attendant l'arrivée de la police. Il réfléchit : « Voyons, les volets étaient fermés et personne n'a pu quitter la maison sans attirer l'attention des domestiques. Donc, pas de panique ! les bijoux sont encore ici. Cachés quelque part dans ce bureau, là où le voleur les a dissimulés. »

Peut-être que, sans attendre la police, tu pourrais faire mieux que le comte, trouver la cachette des bijoux et même dénoncer le coupable ?

Touché ! Coulé !

Cette grille représente un port où sont placés six bateaux. Trouve l'emplacement de chaque bateau en t'aidant des chiffres inscrits autour de la grille ; ils t'indiquent combien de cases tu dois colorier sur la ligne ou la colonne correspondante. Les bateaux ne se touchent jamais, même pas par un coin, et il y a toujours des cases vides entre eux.

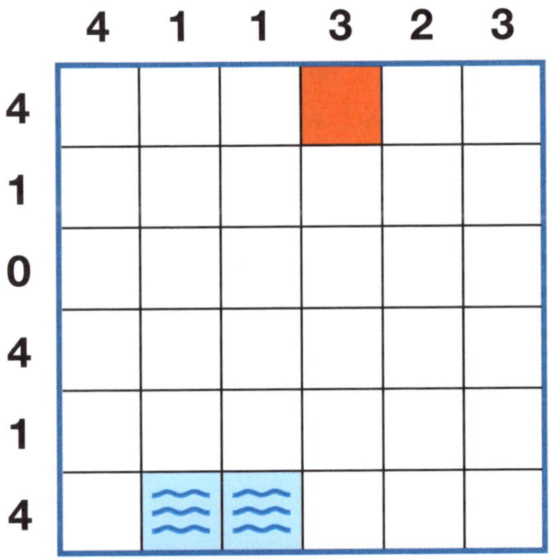

Pour commencer : colorie en bleu la ligne marquée 0 et les cases qui entourent le canot.

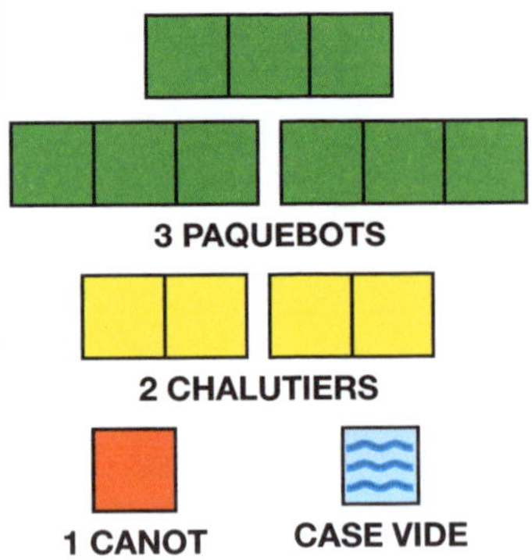

Les bananes

Combien pèse une banane ?

 = ...

= 100 g

= 200 g

= 500 g

Animaths

Trouve la valeur de chaque alien pour que cette addition soit juste. Attention ! As-tu remarqué la retenue ?

Priorité à droite

Attention ! Ce conducteur de scooter ferait mieux de regarder devant lui ! Si tu veux savoir pourquoi, pars du point noir C7 et suis les consignes.

Pars du point noir de la case C7 et descends en D7 puis en E8, tourne vers E9, descends en F10 puis en G10. Tourne jusqu'à la plaque d'égout et contourne-la par le haut jusqu'en G7. Va maintenant en G4, contourne la plaque d'égout par le dessus jusqu'en G3, tourne vers G1, remonte en E1, tourne vers E5, remonte en C5 et rejoins à ton point de départ.

Message codé

Remplace chaque lettre de ce message par celle qui la suit dans l'alphabet. Par exemple si tu vois un A, note un B, si tu vois un B, note un C et si tu vois un Z, note un A.

A	B	C	D	E	F	G	H	I	J	K	L	M	N	O	P	Q	R	S	T	U	V	W	X	Y	Z
▼	▼	▼	▼	▼	▼	▼	▼	▼	▼	▼	▼	▼	▼	▼	▼	▼	▼	▼	▼	▼	▼	▼	▼	▼	▼
B	C	D	E	F	G	H	I	J	K	L	M	N	O	P	Q	R	S	T	U	V	W	X	Y	Z	A

I D BNMMZHR KDR SZAKDR

_ _   _ _ _ _ _ _ _ _   _ _ _   _ _ _ _ _ _

CD LTKSHOKHBZSHNM

_ _   _ _ _ _ _ _ _ _ _ _ _ _ _ _

Charades

Mon premier est un récipient.
Mon deuxième est une lettre de l'alphabet.
Mon troisième se lance pour jouer.
Mon tout signifie « avoir ».

Mon premier sert à jouer.
Mon deuxième porte la tête.
Mon troisième est une couleur.
Mon quatrième est un pronom possessif.
Mon tout est nouveau.

Le coffre à jouets

Combien de cubes de 1 dm de côté peut-on ajouter dans ce coffre transparent en forme de cube de 4 dm de côté ?

Animaths

Trouve la valeur de chaque alien pour que cette addition soit juste. Attention ! As-tu remarqué les retenues ?

Suite logique

Parmi les animaux ci-dessous, lequel dois-tu choisir pour compléter cette suite logique ?

Bon anniversaire

Le 2 janvier 2012, c'est l'anniversaire de Tim : il a 12 ans. Son cousin Tom est plus vieux que lui d'un an et trois jours.

Quel jour Tom a-t-il fêté ses 12 ans ?

Charades

On cultive le blé dans mon premier.
Mon deuxième est une préposition.
Mon troisième est un adjectif possessif pluriel.
On fait des crêpes à mon tout.

Mon premier arrive après la nuit.
Mon deuxième est un mot d'enfant.
Mon troisième est une série de mots.
Mon tout est un métier.

Mon premier est une lettre de l'alphabet.
Mon deuxième pousse les pieds dans l'eau.
Mon troisième est une boisson.
Mon tout ne ment pas.

page 5

Les cubes

5 cubes = 1 cube + 3 boules
ou 4 cubes = 3 boules.
2 cubes + 1 boule + 1 cylindre
= 4 boules
ou 2 cubes + 1 cylindre = 3 boules.
4 cylindres = 400 g
ou 1 cylindre = 100 g.
Si 1 cylindre = 100 g,
2 cubes + 100 g
= 3 boules = 4 cubes.
Si 2 cubes + 100 g = 4 cubes,
100 g = 2 cubes et 1 cube = 50 g.

page 6

C'est pas moi !

Sous le pupitre de Thimothée, monsieur Legrand a trouvé la craie rouge que ce coquin a utilisée pour dessiner sa caricature sur le tableau.

page 8

Animaths

page 9

En randonnée

A – Sofia,
B – Wladimir,
C – Léa,
D – Ryan et E – Ève.

page 10

Futoshiki

3		4	<	5	>	1		2
5		3		1		2		4
2		1		4	>	3		5
4		2		3		5	>	1
						∨		
1		5		2	<	4		3

Rébus

Ici est le paradis
(I, scie, haie, L'œufs, pas, radis).

page 11

Bon voyage !

page 12
Au voleur !

Les traces de pas ont tout révélé à l'enquêteur. Le mystérieux visiteur qui n'est pas sorti s'est caché dans la petite pièce dont on voit la porte dérobée dans le mur, derrière le tableau. Il a attendu que le responsable de l'entretien s'en aille. Il est alors sorti de sa cachette, a fracturé la vitrine et s'est emparé des silex. Il s'est dirigé vers la fenêtre, a cassé un carreau pour jeter les silex à un complice. Il est ensuite revenu se cacher dans la petite pièce pour y attendre le matin, en espérant sortir avec les premiers visiteurs. Mais ce plan va échouer car l'enquêteur ne va pas tarder à ouvrir cette porte et à confondre le voleur.

page 14
L'addition

page 15
Anomalies

page 16
Message codé

En chiffres romains, neuf s'écrit IX.

Charades

Salsifis (sale – si – fit).
Parallèle (pas – rat – lait – le).

page 17
La partie de cartes

A – Corentin, B – Charlotte,
C – Jérémie, D – Élise et E – Aldo.

page 18

Jaune et vert

Pour qu'un petit cube ait trois faces jaunes, il faut peindre trois faces du gros cube qui aient ce petit cube en commun.
Pour que deux cubes aient trois faces jaunes, il faut peindre une quatrième face du gros cube.

Les crayons

page 19

Labychoix

page 20

La fourrière

Parmi les trois chiens de la photo, seul le gros chien brun foncé dont le maître porte une chemise à fleurs n'a pas été attrapé.
C'est sans doute lui qui chasse les poules de la vieille dame.

page 22

Message codé

Les côtés d'un losange sont égaux.

Charades

Arc-en-ciel (arc – en – ciel).
Autocar (O – tôt – car).

page 23

La pelouse

Le jardin a une surface totale de 20 x 20 = 400 m².
La piscine a une surface de 15 x 5 = 75 m².
La pelouse a donc une surface de 400 – 75 = 325 m².
Pour ensemencer cette pelouse, il faudra utiliser :
325 : 5 = 65 sacs de graines.

page 24

Touché ! Coulé !

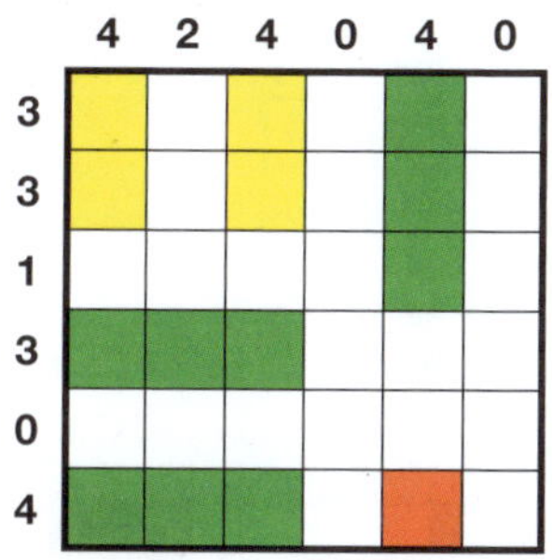

page 25

Les deux trains

Il n'y a aucune chance que ces deux trains se croisent puisque l'un part de Paris au moment où l'autre s'en approche.

Suite logique

On ajoute 1 h 15 à chaque fois.

page 26

L'espion

Arthur dit qu'il très myope. Or, sur le dessin, on voit bien qu'il a une bonne vue puisqu'il est en train de lire un livre !

page 28

Futoshiki

2	1	5	4	3
4	3	1	5	2
3	5	∧ 4	2 >	1
5	2 <	3	1	4
1	4	2	3	5

Rébus

Il a découvert l'Amérique (île, A, dé, cou, ver, la, mer, I, queue).

page 29

In London

A – Isa, B – Léa, C – Albert, D – Vanessa, la mère, E – Romain, F – Manon, G – Jeannot, H – Alice, I – Mathieu.

page 30

Animaths

 = 3  = 9  = 6

 = 2  = 1  = 4  = 5

page 31

Aux champs

page 32

Charades

Pantalon (paon – ta – long).
Ski nautique (ski – « no » – tique).
Ascenseur (A – sans – sœur).
Pomme de terre (pomme – deux – Terre).

page 33

Le cadre

Le cadre a une largeur de 2 cm. Son périmètre intérieur est égal au périmètre du tableau qui mesure : 16 x 4 = 64 cm.

Le périmètre extérieur du cadre mesure donc : 64 + 16 = 80 cm, et les côtés de ce carré mesurent : 80 : 4 = 20 cm.
Si le cadre a des côtés de 20 cm et le tableau de 16 cm, la différence est égale à deux fois la largeur du cadre : 20 – 16 = 4 ; 4 : 2 = 2 cm.

page 34
Sur le parking
L'inspecteur Laloupe a remarqué que, parmi les trois voitures suspectes, une seule est assez basse pour pouvoir passer sous le portique situé à la sortie du parking.

page 36
Animaths
2 430 + 2 125 = 4 555.

page 37
En piste

page 38
Le bateau

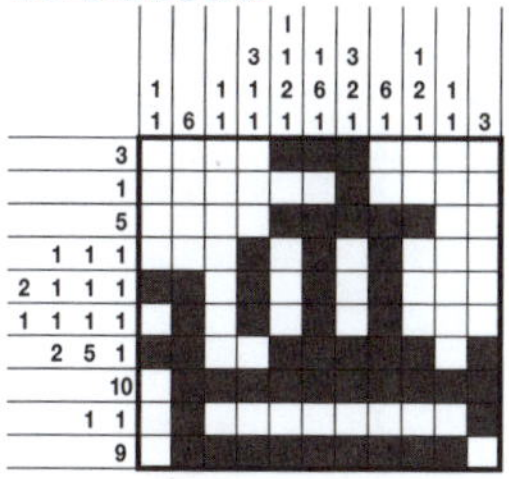

page 39
Les tubes
2 tubes + 3 crayons
= 5 gommes + 1 crayon + 1 tube
ou 1 tube + 2 crayons = 5 gommes.
5 crayons = 10 gommes
ou 1 crayon = 2 gommes.
Si 1 crayon = 2 gommes
et 1 tube + 2 crayons = 5 gommes,
alors, 1 tube + 4 gommes
= 5 gommes,
donc 1 tube = 1 gomme.
1 000 g = 6 gommes + 1 crayon
= 8 gommes
donc 1 gomme = 1 000 g : 8 = 125 g.
Si 1 gomme = 125 g
et 1 tube = 1 gomme,
1 tube = 125 g.

page 40
Le témoin
Monsieur Laigle dit qu'il a vu la voiture dans son rétroviseur. Or, quand on regarde dans une glace, on voit une image inversée de la réalité. Le numéro qu'il a noté : AM 808 HU correspond donc à la plaque UH 808 MA.

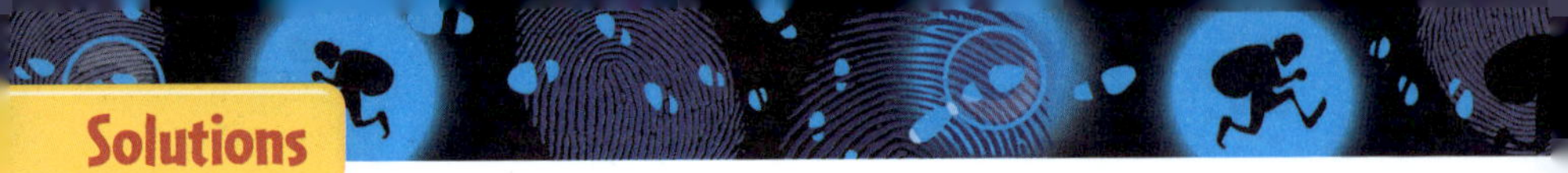

page 42
Touché ! Coulé !

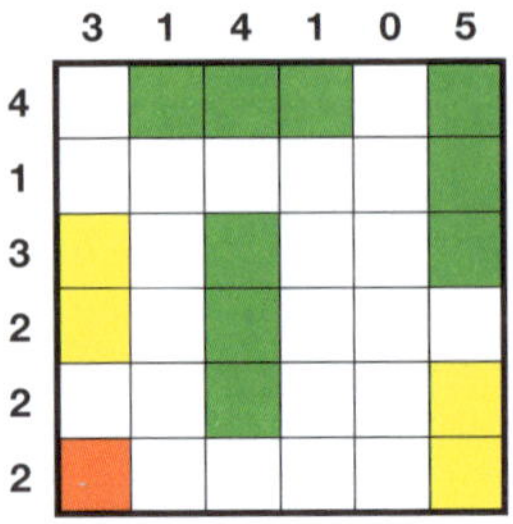

page 43
La kermesse

Valentin : 279, Natacha : 729, Manon : 27 et Louis : 508.

page 44
Sous le pont-levis

DOUVE

page 45
Le parking

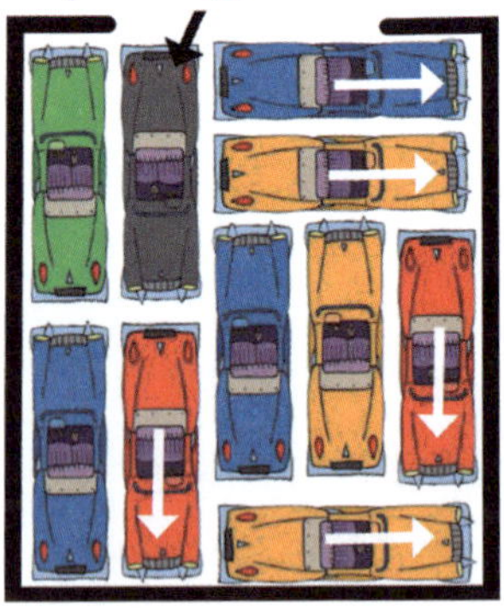

page 46
Animaths

1 763 + 1 233 = 2 996.

page 47
Bricolage

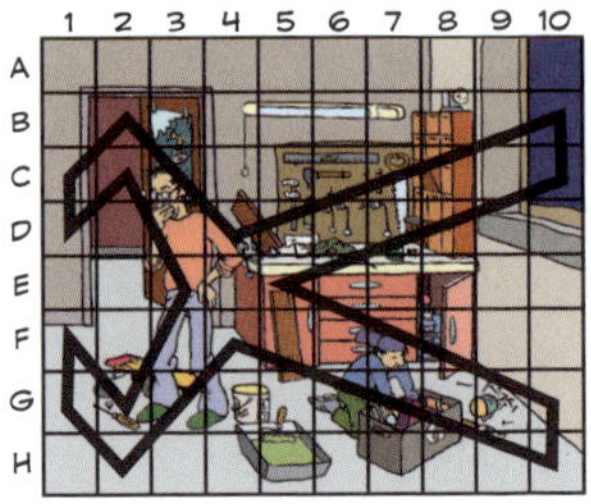

page 48
Noël aux antipodes

La photo du skieur n'a pas pu être prise cette semaine, à Noël, en Australie, car, dans ce pays, Noël est en été. De plus, sur les différentes photos, ce n'est pas la même personne qui est représentée.

page 50
Touché ! Coulé !

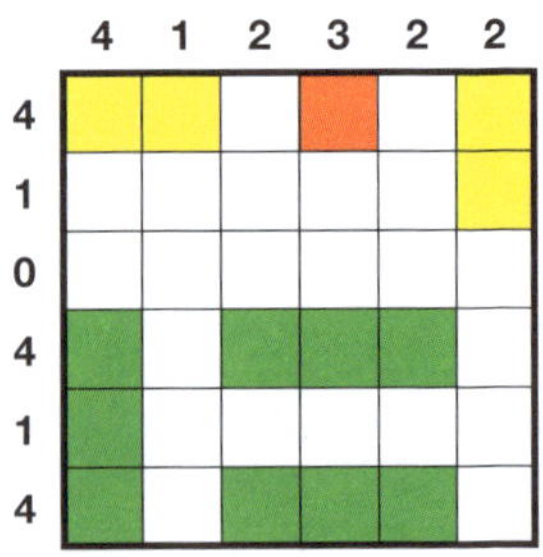

page 51
Les supporters

A – Brésilien, B – Argentin, C – Anglais, D – Italien, E – Croate.

page 52

Futoshiki

5	2	1	4	3
2	3	5	1	4
3	4	2	5	1
4	1	3	2	5
1	5	4	3	2

Rébus

Elle est insupportable
(Aile, haie, T'1, SU, porc, table).

page 53

Labychoix

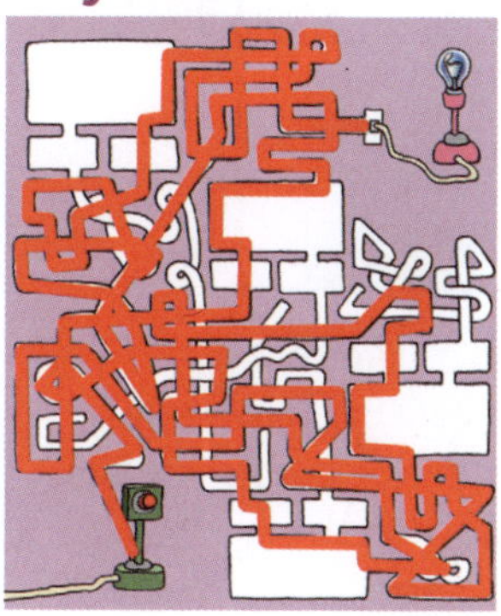

page 54

Joyeux Noël !

Thomas a apporté le DVD,
Armand a reçu les chocolats
et Jérémy le jeu de société.

page 56

Les bonbons

2 rouges + 3 verts + 1 noir
= 1 vert + 1 noir + 500 g
ou 2 rouges + 2 verts = 500 g.
1 rouge + 3 verts
= 1 vert + 1 rouge + 200 g
ou 2 verts = 200 g.
Donc 1 vert = 100 g.
Si 2 rouges + 2 verts = 500 g
et 1 vert = 100 g,
alors 2 rouges + 200 g = 500 g,
donc 2 rouges = 300 g
et 1 rouge = 150 g.
2 rouges + 1 vert + 200 g = 5 noirs,
donc 300 g + 100 g = 400 g
= 5 noirs, donc 1 noir = 80 g.

page 57

Le village indien

Solutions

page 58
Le fantôme

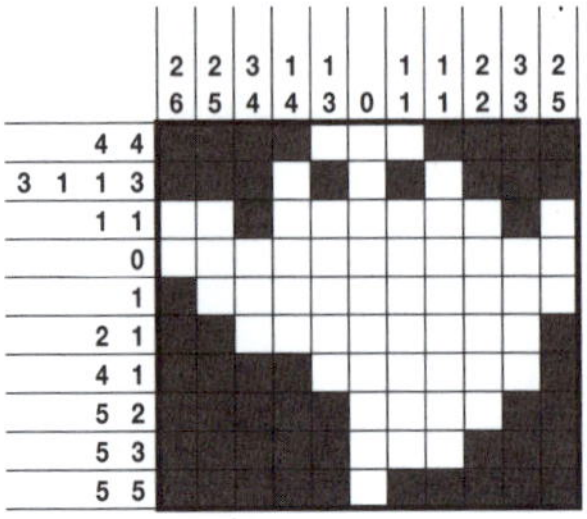

page 59
Au marché
De gauche à droite : Léa, Arthur, Chloé, Ana et Grégoire.

page 60
Rouge ou vert ?
24 faces restent vertes (8 faces horizontales et 16 faces verticales).

page 61
Tour de magie
Roi de carreau.

Recette de cuisine
Pour 4 personnes, il faudra : 2 œufs,160 g de farine, 20 g de beurre et 120 g de chocolat.

page 62
Les faussaires
Si tu regardes bien les peintures, tu apercevras un dinosaure. Or les hommes n'ont jamais vécu en même temps que les dinosaures. Les fresques sont donc des faux !

page 64
Animaths

page 65
Les cadeaux
Théo : 1 + 2 + 3 = 6 euros.
Thomas : 4 + 5 + 6 = 15 euros.
Bérangère : 7 + 8 + 9 euros.

Suite logique
56,7. Les chiffres des dixièmes, unités et dizaines augmentent de 1 à chaque fois.

page 66
Six faces
CUBES

page 67
Les jetons

page 68
Rendez-vous d'espions
L'agresseur est une femme qui se trouve à droite du blessé. Elle porte un sac à dos rouge et des chaussures noires.

page 70

Message codé

Je sais faire les divisions.

Charades

Belgique (belle – J – que).
Égalité (haie – gars – lit – T).

page 71

Dans l'espace

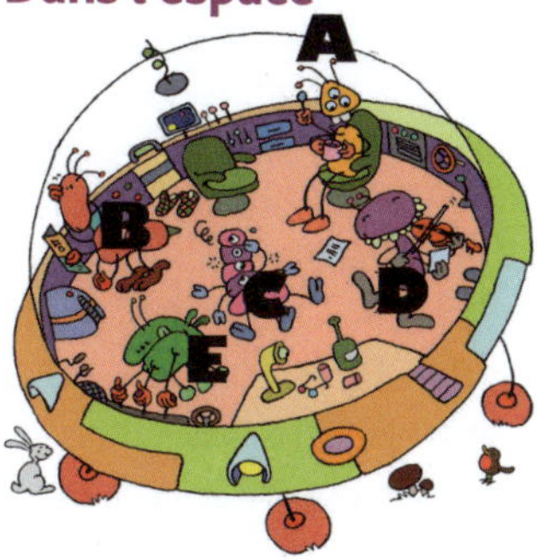

A – Vénusien, B – Jupitérien,
C – Mercurien, D – Martien,
E – Plutonien.

page 72

Futoshiki

5	4	2	1	3
3	1	4	5 >	2
2	5	1	3	4
		^		
1	2	3	4	5
4	3	5	2	1

Rébus

J'ai trouvé mon cartable
(J'haie, trou, V, mont, CAR, table).

page 73

Labychoix

page 74

Quelques feuilles

LIVRE

page 75

La corvée

page 76

Les pépites volées

Si tu observes bien, tu peux voir sur le sol des pépites tombées du sac déchiré. Elles conduisent jusqu'à la tente du coupable.

page 78

Joyeux Noël !

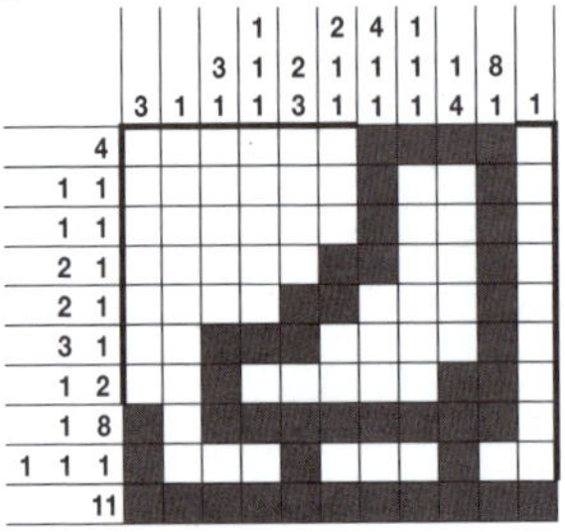

page 79

Les balles

4 rouges + 3 vertes + 1 jaune
= 3 rouges + 1 verte + 1 jaune + 500 g
ou 1 rouge + 2 vertes = 500 g.
3 rouges + 50 g
= 2 jaunes + 1 rouge
ou 2 rouges + 50 g = 2 jaunes.
5 vertes = 1 000 g
donc 1 verte = 200 g.
Si 1 verte = 200 g
et 1 rouge + 2 vertes = 500 g,
alors 1 rouge + 400 g = 500 g,
donc 1 rouge = 100 g.
Si 1 rouge = 100 g
et 2 rouges + 50 g = 2 jaunes
alors, 200 g + 50 g = 250 g
= 2 jaunes donc 1 jaune = 125 g.

page 80

Animaths

page 81

Rentrée des classes

28 élèves occupent 14 tables doubles et il reste :
19 – 14 = 5 tables libres.
Si madame Charrier y place seuls, 5 élèves dissipés, leurs 5 voisins seront seuls aussi. Ainsi, avec 19 tables, l'institutrice peut isoler 10 élèves.

Suite logique

Tu as facilement trouvé que, après 2010, 2009, 2008 et 2007, tu devais écrire 2006.
De la même façon, après mai, avril, mars et février, tu as écrit janvier.
Pour le jour, tu remarques qu'il s'agit toujours du dernier jour du mois. La date à ajouter est donc le 31 janvier 2006.

page 82

Code secret

Si tu tournes la calculette, tu vois que 705,15 à l'envers se lit SI, SOL qui sont bien deux notes de musique.

page 84

En Amérique

IDAHO

page 85

Voilà le facteur !

Joris habite au 2, Dora au 4, Maëlle au 6, Martin au 8 et Sandra au 10.

page 84

Touché ! Coulé !

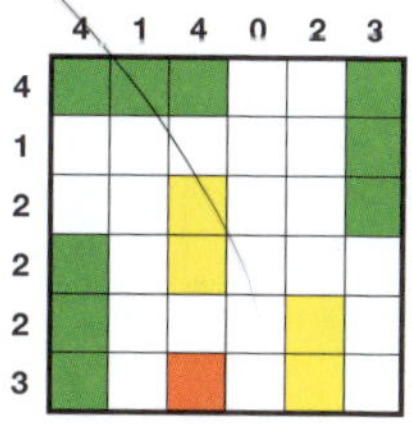

page 87

À la mer

page 88

Charades

Sapin de Noël (sa – pin – de – Noël).
Charade (chat – rat – de).
Parachute (pas – rat – chut !).
Nouveauté (nous – veau – T).

page 89

Les bûcherons

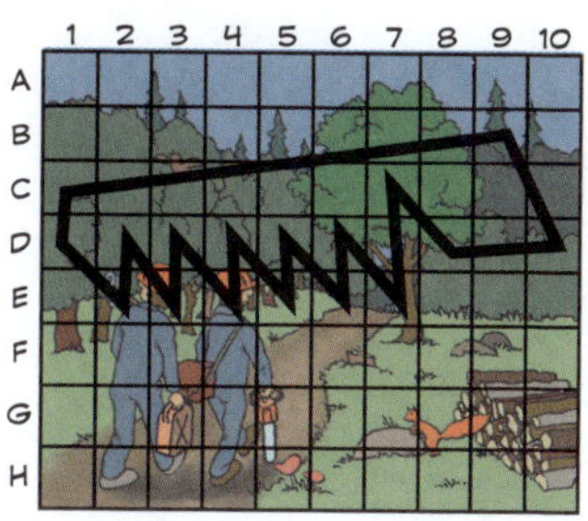

page 90

Le coffre-fort

La combinaison du coffre est bien 69, mais il faut l' écrire en chiffres romains : LXIX.

page 92

Animaths

5 842 + 4 242 = 10 084.

page 93

Labychoix

page 94

Futoshiki

2	4	3	1	5
3	1	5	4	2
4	3	2	5	1
1	5 >	4 >	2	3
5	2	1	3	^ 4

Rébus

Elle préfère le bateau à voiles (aile, pré, fer, L'œufs, bateau, A, voile).

page 95

Le temple mystérieux

La surface du toit est de :
$25 \times 15 = 375$ m^2.
Chaque dalle carrée a une surface de $0,8 \times 0,8 = 0,64$ m^2 qu'il faut multiplier par 5 : $0,64 \times 5 = 3,2$ m^2.
La surface couverte d'or mesure donc : $375 - 3,2 = 371,8$ m^2.

page 96

Le concours

Il s'agit en fait d'une suite logique. Chaque nombre correspond au nombre précédent + 22. Le nombre à trouver est donc 100.

page 98

Animaths

page 99

Interstellaire

page 100

Bon anniversaire !

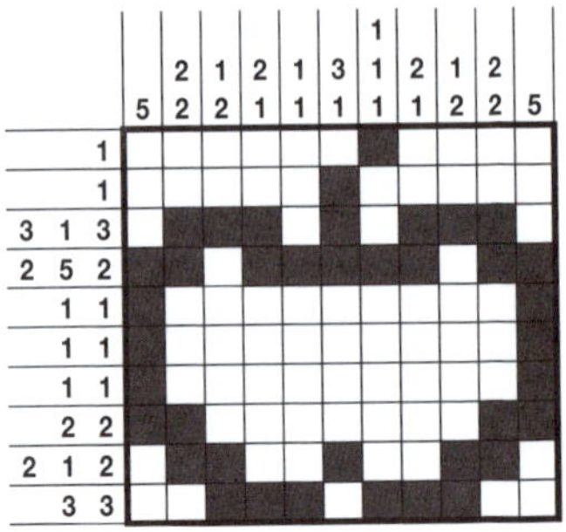

page 101

Argent de poche

Maëlle a dépensé :
$36 - 1,25 = 34,75$ euros.
Elle a payé les albums de BD :
$34,75 - 2, 75 = 32$ euros.
Elle a donc acheté :
$32 : 8 = 4$ albums de BD.

Suite logique

Le 9 de trèfle.

page 102

Au bout de la ligne

CARPE

page 103

La cible

Pour atteindre 15 points,
le joueur bleu doit faire un score de $15 - 5 - 5 = 5$,
le joueur jaune, $15 - 3 - 2 = 10$
et le joueur rouge, $15 - 10 - 3 = 2$.

Le trésor des pirates

Chaque sac contient 15 pièces, une boîte contient donc 75 pièces

(15 x 5 = 75), un coffre compte 300 pièces (75 x 4 = 300).
Il faut donc 3 coffres pour répartir 900 pièces (900 : 300 = 3).

page 104

Les diamants

Le comte Fortunat a remarqué que la terre d'un pot de fleurs a été remuée et que son niveau est plus haut que dans les autres pots. De plus, l'un des neveux a une petite pelle qui dépasse d'une de ses poches. Hou ! le vilain, il a volé les diamants et les a cachés dans le pot de fleurs.

page 106

Touché ! Coulé !

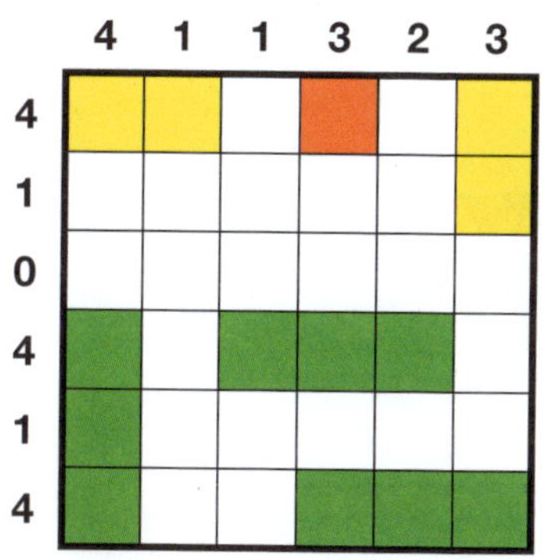

page 107

Les bananes

4 bananes + 3 pommes + 500 g
= 4 coings + 2 bananes + 2 pommes
ou 2 bananes + 1 pomme + 500 g
= 4 coings.
5 pommes + 200 g
= 2 coings + 1 pomme + 100 g
ou 4 pommes + 100 g = 2 coings.
4 coings = 1 000 g,
donc 1 coing = 250 g.
Si 1 coing = 250 g
et 4 pommes + 100 g = 2 coings,
alors 4 pommes + 100 g = 500 g
ou 4 pommes = 400 g,
donc 1 pomme = 100 g.
Si 1 coing = 250 g
et 2 bananes + 1 pomme + 500 g
= 4 coings,
alors 2 bananes + 1 pomme + 500 g
= 1 000 g
ou 2 bananes + 1 pomme = 500 g.
Si 2 bananes + 1 pomme = 500 g
et 1 pomme = 100 g,
alors 2 bananes + 100 g = 500 g
ou 2 bananes = 400 g,
donc 1 banane = 200 g.

page 108

Animaths

9 353 + 1 553 = 10 906.

page 109

Priorité à droite

Solutions

page 110

Message codé

Je connais les tables
de multiplication.

Charades

Posséder (pot – C – dé).
Découverte (dé – cou – vert – te).

page 111

Le coffre à jouets

Chaque côté du coffre transparent mesure autant que 4 cubes. Au total, il doit donc pouvoir contenir 4 x 4 x 4 = 64 cubes.
10 cubes y sont déjà rangés, on peut donc en ajouter :
64 – 10 = 54.

page 112

Animaths

2 605 + 6 655 = 9 260.

page 113

Suite logique

Les animaux de la suite sont classés du plus petit au plus grand. Parmi les trois animaux proposés, seule la girafe est plus grande que le lion.

Bon anniversaire !

Le 31 décembre 2010.

page 114

Charades

Chandeleur (champ – de – leur).
Journaliste (jour – « na ! » – liste).
Vérité (V – riz – thé).